布宁诗文选

[俄] 布宁 著

陈馥 魏荒弩 译

人民文学出版社

图书在版编目（CIP）数据

布宁诗文选/（俄罗斯）布宁著；陈馥，魏荒弩译. —北京：人民文学出版社，2020

（布宁美文精选）

ISBN 978-7-02-016123-2

Ⅰ.①布… Ⅱ.①布…②陈…③魏… Ⅲ.①诗集—俄罗斯—现代 Ⅳ.①I512.25

中国版本图书馆CIP数据核字（2020）第031914号

责任编辑　柏　英
装帧设计　黄云香
责任印制　王重艺

出版发行　人民文学出版社
社　　址　北京市朝内大街166号
邮政编码　100705
网　　址　http://www.rw-cn.com

印　　刷　北京盛通印刷股份有限公司
经　　销　全国新华书店等

字　　数　117千字
开　　本　850毫米×1092毫米　1/32
印　　张　8.625　插页1
印　　数　1—5000
版　　次　2020年8月北京第1版
印　　次　2020年8月第1次印刷

书　　号　978-7-02-016123-2
定　　价　46.00元

如有印装质量问题，请与本社图书销售中心调换。电话：010-65233595

目次

布宁与他多维的文学创作 ………………………… 001

诗 歌

诗　人 …………………………………………… 003

悼纳德松 ………………………………………… 005

乡村乞丐 ………………………………………… 008

野　花 …………………………………………… 010

"田野像无边的海洋，渐渐黯淡……" …………… 012

"儿时我爱教堂的黝暗……" ……………………… 013

"别吓我，我并不怕暴风雨……" ………………… 015

茨冈姑娘 ………………………………………… 017

"鸟儿不见了。树林顺从地凋萎……" …………… 019

"我头上是灰色的天宇……" ……………………… 021

草原上 022

献给祖国 026

"如今我再也找不到那颗星星……" 028

致故乡 029

"在远离我的故乡的地方……" 030

"如果当时我能……" 032

祖　国 033

"我真幸福，当你向我……" 034

"向晚的天空，你为何伤悲？……" 035

田庄上 037

"我拉起你的手久久注视……" 039

星　团 040

"森林的寂静里有着神秘的喧声……" 042

"春天是多么绚丽，多么光明！……" 044

叶落时节 045

"天亮还早，还早……" 054

"夜是如此悲哀，像我的梦幻……" 056

黄　昏 057

"长长的小径通向海边……" 058

"那海水的碧绿……" 061

夜与昼 062

小　溪	063
"在那白雪覆盖的山巅……"	065
"二月的空气还冷还湿……"	067
"我走着，我是如此渺小！……"	069
"星星呀，我不倦地歌颂你们！……"	071
"如果你们和解，如果你们重逢——……"	073
墓志铭	074
孤　独	076
"我们偶然在街角相逢……"	078
君士坦丁堡	079
歌	081
他人之妻	082
萨迪的遗训	084
文　字	085
山　中	086

散　文

静	091
篝　火	098
数目字	101
早年纪事	114

耶利哥的玫瑰 ………………………………… 131

割草人 ……………………………………… 134

半夜的金星 ………………………………… 141

陈年旧事 …………………………………… 146

不相识的朋友 ……………………………… 157

黑夜的海上 ………………………………… 170

主　教 ……………………………………… 182

蜣　螂 ……………………………………… 184

盲　人 ……………………………………… 187

苍　蝇 ……………………………………… 190

名　气 ……………………………………… 195

灰　兔 ……………………………………… 205

书 …………………………………………… 207

大　水 ……………………………………… 210

青年和老年 ………………………………… 245

传　说 ……………………………………… 250

布宁与他多维的文学创作

在二十世纪俄罗斯文学的大师谱中，有一个在欧洲文坛享有"最出色的俄罗斯作家"和"当代最伟大的艺术家"美誉的作家伊凡·布宁（1870—1953）。在中国，种种原因使得这位俄罗斯第一个诺贝尔文学奖得主（1933）的名字被高尔基、肖洛霍夫、帕斯捷尔纳克、索尔仁尼琴的"日晕效应"几乎给遮蔽了。尽管他的中文译本不少，但广大中国读者对他的阅读、认知几乎是缺位的。

这是一个在诗歌、散文、小说等多个领域均有重大建树，对二十世纪俄罗斯文学产生了深远影响的作家。2020年适逢他诞辰一百五十周年，人民文学出版社第二次全方位精选了这位经典大师的文学遗产，汇集成涵盖诗歌、散文、爱情短篇的典丽的三卷本以飨读者，实属外国文学界的一件幸事。

布宁出生在一个渐趋破败的贵族庄园之家。他从年轻时就浪迹天涯，足迹遍布欧亚非大陆。1920年，他永远离开了俄罗斯，侨居在巴黎,直至生命的结束。漂泊的人生和丰富的阅历似乎不需要他用任何艺术手法去虚构,要做的只是不断唤醒记忆深处的人或事,复活一个内心遥远的时代。这是一个从个人记忆、从个人生命的内在体验方面想象生活、表现世界、进行心灵创造的文学家。在一个多甲子的文学记忆重构中他"以旧感怀",不断地感悟人生、认知天地、安顿自我。一切成为过去的记忆在他的笔下,都会变得澄澈宁静、风轻云淡,很生活,很亲切,很有诗意。不过,在他喷薄欲出的人生向往里,也有故乡难回的精神困惑。

在托尔斯泰、契诃夫、高尔基名满天下,现代主义文学风靡俄罗斯文坛的十九世纪和二十世纪之交,布宁是个重要的文学存在,却又是个"无所归属"的存在。这种身份认同和价值立场被内在地转化为他文学创作的精神支撑,外显为一种清醒而睿智、自信而通达的个性气质和独立自由的书写风范。在布宁被批评界概念化地、保守地定义为现实主义作家的时候,很少有人注意到,他其实是个凌空高蹈的作家。他始终把目光投向纯真圣洁的自然,高远莫测的天空,难以割舍的乡情,景象万千的爱情与人生。这是一个具有唯美气质的文学家,其诗文表现的风物人事自然真切、诗性充溢,采用的叙事形式如同生活流一般地明晰畅达,构筑的文学意象寓意深广。

一

诗歌是布宁多样性创作中颇具活力的先导，八岁时他写下了第一首诗，三十岁之后更多写散文和小说。在十九世纪和二十世纪之交现代主义诗歌成为主流的文学大背景下，他的诗歌创作却始终遵循着普希金、莱蒙托夫、费特、丘特切夫等人的传统，从题材到题旨，从语言到表达方式，只是融入了他的现代思考，找到了属于他的与俄罗斯古典诗歌对话的方式。

布宁早年的诗就透出灼人的光芒：抒发俄罗斯的家国情怀，表达诗人对艺术殿堂深深的敬畏和应有的责任伦理。

《乡村乞丐》浸透着诗人的眼泪与叹息，是对乡村罗斯苦难的哀号，表达了"看到罗斯这般困苦，心里如何能不难受"的赤子情怀。《诗人》是向天下苍生敞开的诗人使命的表达，是坚守高洁人格的呼唤："忧郁的艰苦的诗人，/你为贫困所迫的穷人，/你无须总想要挣断/自己身上赤贫的锁绳！/……你，喜欢光明的憧憬，/你要热爱，你要深信！"即使"你会活活地饿死，——人们将在/你墓前的十字架上插满花丛！"《悼纳德松》散发着悼亡诗的悲悯，是布宁对仅活了二十五年的十九世纪诗人生命伦理的深层体认："他的生命短促，然而高尚，/自幼服务于艺术的殿堂；/他有诗人的名加诗人的魂，/既非冒牌，亦非冷漠无情；/诗歌的强大力量/活跃着他的想象；/他的心喷涌着灵气，/燃着炽热真挚的爱！/他高贵的心深深蔑视/仇恨与熏心的利欲……"不满十八岁的少年诗人以这些朴实明晰、情感真挚的诗句，在召回象征主义诗歌走散的精神魂魄，为自己立下高远的艺术志向。

大自然是布宁诗歌的重要题材，大自然每一种色彩的细微变化都在他的关注、观察之中。他笔下的大自然如同列维坦的风景画，题材丰富，用笔洗练，情感充沛，在描绘大自然千姿百态的同时呈现抒情主体精神感受的千变万化。田野、花草、森林、河谷、夜空、星星、四季的更替永远是布宁抒怀的对象，它们不仅有着丰富、复杂的美，还有属于自己的情感温度、生命魂魄。

田野活泼泼的生命令他动容，因为它能吞没"忧郁的霞光"，见证"朦胧的夜影"，养育"神秘似幽灵"的"跳鼠"（《"田野像无边的海洋，渐渐黯淡……"》）。他咏颂野花，因为它们不仅经得起风雨吹打，还镌刻着世事百态，"诉说着过去的那些/早已被遗忘的光辉岁月"（《野花》）。秋林的愁绪在他的笔下有着别样的意境："秋在林间吟唱，走动，无形无影……/白昼一天暗似一天……/'让黄叶去随风翻飞，/让它们扫除昔日的愁痕！/希望、悲伤、爱情——这些陈词，/就像枯萎的树叶,不会返青！'/……我听到的是对春的责问,/话里含着愁,温软动人。"（《"森林的寂静里有着神秘的喧声……"》）"星团好似皇家徽记,/组成它们的粒粒钻石以寒光/映照夜空的岑寂"(《星团》)。在明媚的早春,"大地一天比一天年轻","雪在流泪","一片片树丛、一汪汪水/反映着那天空的蔚蓝","其中闪耀着……爱情和生存的欢乐"(《"二月的空气还冷还湿……"》)。

布宁的大多数风景诗不是随物赋形,简单地描摹自然,而是通过自然景致传达一种情绪,寄托一种情感,传达他对人生的认知与思考。风景诗是诗人生命体验的诗性记录。诗中表层的大自然意象群落是显性的,深层的情感脉络是隐性的。比如,人世的孤独、异域的乡愁常常会转化为一种对乡土、自然的亲近。

《"如今我再也找不到那颗星星……"》表达的是身在异乡的诗人离别与失落之痛:"如今我再也找不到那颗星星,/那黎明前在池塘闪耀的灯火,/……如今我再也回不到那度过/青春岁月的故居的村庄,/我曾在那里等待过幸福和欢乐,/还在那里谱写过最初的乐章。"在孤独、苦闷的心绪中他用诗歌聊获救赎的宽慰。在原名"冰上十四行诗"的《"在那白雪覆盖的山巅……"》中,他说:"我用钢楔刻下了诗篇。/任岁月流逝,或许至今/白雪保存着我的孤痕。/……高处的天穹是这样的蓝,/正午时分我刻诗十四行,/只为了站在山巅的人。"《"长长的小径,通向海边……"》是对海边小径的风景描写,但更是历史人文的再现和创造美的渴望:"那里有石阶列队迎浪,/

人面狮子躺卧在山巅；/……我寻求纯洁、温柔的女性，/为分享爱与幸福的青春/……回忆我的最美好的时日。/如今我爱的是创造的梦，/我又为无法实现而哀痛。/……我的梦境充满了光明，/是这人间的苦涩的美/让我重识非人间的乐趣。"脍炙人口的抒情长诗《叶落时节》写深秋五彩斑斓的森林，它有形、有色、有味、有声、有魂。整首诗虚实相生，情景交融，满纸活泼灵动，有一种空灵超越的精神意蕴。"森林宛如一座彩楼，/有浅紫，有金黄，有大红，/五色缤纷，喜气洋洋/……槭树的空隙是窗牖，/这里一扇那里一扇，都开向清澄的高天。/……松柏的清香四处弥漫。/秋这一沉静的孀妇/如今跨进自己的华屋。/……入夜，在白色的花纹间，/会点起一盏盏的天灯。/到了万籁俱寂的时刻，/北极光就像冰冻的火/从天边升起，北斗七星——/长盾星座便大放光明。"高尔基读完长诗后称赞说："太棒了！如同银铃撞击的声响，一股轻柔的暖流，从这本质朴、美妙的书页中淌进了心坎儿里……"

布宁的哲理诗基于他真切的生命体验和高度个人化的想象，大都有具体物象的承载，如古都、教堂、圣经、星星、文化人物等。布宁对人类生存命题的沉思并非纯粹形而上的，是生活的哲理和生命的哲学，有着明显的私人化色彩，亲切自然，毫不玄虚神秘。

《君士坦丁堡》通过对古都历史的追溯，表达诗人对"伟大游牧文化的最后营地"的追忆与感叹，是诗人对人类文化嬗变的深沉思考。《"儿时我爱教堂的黝黯……"》是布宁倡导祈祷、忏悔、拯救主题的集中反映。教堂是他自幼带去"心中的快乐和伤悲"的地方，"儿时我爱彻夜的礼拜，/听人们在一起唱念，/……忏悔自己的过失罪愆。/……每当唱诗班轻声颂赞/《静静的光》，我感动得/忘记了不安和忐忑，/心亮成一团欢乐的光……"在《夜与昼》中，诗人秉烛夜读《圣经》直至朝阳升起，感叹"万有无常——无论是悲，是喜，是歌，/惟上帝永在——在夜晚非人间的静中。/……'放下那本古老的书、直到日落。/众鸟在歌颂永在的上帝的喜乐！'"外在的物象追随诗人内在的精神显化为诗情，生成信徒共情的世界。《"星星呀，我不倦地歌颂你们……"》是对宇宙无垠、神秘、永恒的赞美，是对人类与宇宙和谐的向往。"星星呀，或许我会理解你们，/或许我的梦想有一天会成真，/人世间的种种希望、种种悲伤/最终将汇入充满奥秘的天上！"短诗《"别吓我，我并不怕暴风雨……"》是诗人生命哲学的诗性再现："春天风雨的轰鸣有多么欢愉！/……雷雨过后，有一片新意，/花儿在明丽的光辉中/透着更加馨逸，/显得格外富丽！/但我最怕天气阴霾：/无谓奔忙，终日劳碌，/……既没有痛苦，又无幸福，/既没有劳动，又没有斗争，/生命的源泉将会干枯……"诗歌《萨迪的遗训》只有两行："要像棕榈一样大方。

如果不行，/那就像柏树一样直、朴——高尚。"这是作者对中世纪波斯诗人萨迪的敬仰，也是对人类应有的人格形态的张扬。

布宁的部分哲理诗还原了人类熟识却无法参透的爱情的苦难本质：它难以久长，常常给人带来悲哀、痛苦与孤独。"爱情只在我热切的梦里——/我的希望全都付予了逝水。"——这是《墓志铭》中写在坟墓上少女的诗句。"谁能挽回你们决绝的那个黄昏，/忧郁的眼中含着泪花？"这是《"如果你们和解，如果你们重逢——"》中诗人表达的爱情不再后的无比痛楚。《他人之妻》是对已成他人之妻的昔日恋人的思恋，一种深深的相思之苦。而具有明显自传性的《孤独》表达的是诗人在失恋后寒冷、孤寂的人生苦境，但诗中仍有对生活的一种无奈的妥协："罢、罢！生起炉火把酒喝……/能买一条狗就再好不过。"

如同歌德所说，布宁的诗是"处于低处现实领域得以提升的诗"。[①]就是说，他通过写诗来实现对形而下的现实生活和人生经验的超越与提升，实现"思"与"诗"的交相辉映，从而完成对生存困境的诗意突围。他的诗对俄罗斯诗歌的影响是内在和深远的。这种影响不仅仅在于诗歌领域，还影响到了小说，赋予了后者一种浓郁的诗歌精神。纳博科夫说："布宁的诗歌是近几十年来俄罗斯缪斯创作的最好的诗。"

---

① ［德］歌德：《歌德谈话录》，杨武能译，河北教育出版社，2015年，第474页。

二

从二十世纪初开始，布宁开启了其重叙事、重深层思想掘进和文体形式多样性的创作之路。除了小说，他写了一系列兼具叙事、抒情、议论的散文作品。这些散文题材十分广阔，如大自然的景色、旅途的见闻、人生的记忆、民族和人类的历史文化遗产等，作品大都取材于作者的人生经历，饱含生活的质感，有着对文学审美性的守望。作品或以写景为主，或以叙事、写人为要，没有严格的形式规约，游记、观感、日记、书信、随笔、对话，各种体裁都有。作品叙事通达，思绪奔放，语言优美，结构严谨，形散神凝。

布宁的散文有两个特点：游记化和小说化。作家长期保持着一种途中行者的生存状态，他的大多数散文都是第一人称叙事的游记体散文。行走不仅体现在作品的生活现实层面，还被赋予了生存思考的哲理深度。小说化是指散文创作对小说技巧的借鉴，布宁常常将人物、情节、细节、心理描写等小说元素融进写作中。正因为如此，布宁选集和全集的俄文版编者常常将他的部分散文作品纳入小说体类中。

大自然是布宁散文的重要内容，与众不同的是，他用现代的眼光刷新了写景散文的质感。

《静》是一篇浏览日内瓦的写景散记。湖光山色令作家陶醉，但他更看重无声的"静"的意境，因为"静的福地"能让人从迷乱的现实中抽身，触发美的遐思和联想，更多地向心灵和精神世界探寻。这里有雪莱、拜伦、莫泊桑的足迹，拜伦的诗剧《曼弗雷德》中的同名主人公在痛苦的自我审视中告别生命的记忆，还有易卜生剧中的主人公对"山中的静"的感叹。人需要借鉴自然的伟力对内心进行审视，深入到广阔宁谧的天地中，人小小的内心才能与宇宙、历史和美联通。日记体散文《大水》被布宁称为"有点像莫泊桑东西的""散文诗"，它记叙了作者从埃及塞得港去往锡兰途中的见闻和思考。作者任凭船上船下的生活散漫随意、真实无序地像水般流淌，每一个对应的景观或风物都能引发作者广阔的联想。旅行散文的抒情铺陈成为叙事人的精神寻觅之路。《割草人》是作者客居他乡时对故乡草原与俄罗斯人的久远的记忆。广袤草原的丰饶,农民的健壮、勤劳、豪放、浪漫令他终生难忘，然而令作者扼腕叹息的是，那已是"一去不复返的时日……大地母亲憔悴了，活命泉水枯竭了——上帝的宽恕到了尽头"。作品不期然地提醒着,折射生命之美的，除了当下心灵世界的真实，还有超越当下苦苦找寻的那份寥廓和悠远，俄罗斯故乡不仅仅是俄罗斯人出生、成长的地域空间，还是一个有着千年历史传承的精神文化空间，更是他们灵魂的安放地。

从更远的视野看，布宁写人的散文在人性观察和心灵呈现的丰富性上，远远超越了他所属的时代和所代表的人群，充满悲悯，它们指向更遥远的时空，指向永恒奇妙的人生。

《半夜的金星》讲述他在旅途中遇到的一个乡村驼背姑娘，身体残疾加上无人与共的孤寂造成了她巨大的生存苦难甚至赴死的念头。靠着那颗"半夜的金星。爱情星，黎明前的星"，一种对上帝的爱，她才活了下来，这是在讲爱的信仰和爱的胸襟的伟大力量。《苍蝇》是一个让人心酸的故事。双腿截肢的中年农民躺在铺板上已经两年，他不仅以"碾苍蝇为乐"，而且"这乐趣已经逐渐变成纯粹行猎的癖好"。他总是"面带微笑"，"一双眼睛明亮而又生气勃勃得使人震惊"，他以一种独特的方式创造生命的快乐和价值。"究竟是智力游戏，还是大彻大悟者的貌似呆傻呢？"是如同《马太福音》所说"虚心的人有福了"，"还是绝望产生了无所谓的心态呢？"这是作家在文末发出、需要读者自己回答的提问。《篝火》是一个暖心的故事。作者在旅途之夜偶遇围着篝火的一家四口。这些漂泊流浪的茨冈人美丽善良、真诚热情，与他们的道别"给了我一种新的感觉，使我烦恼，使我困惑，向我诉说着一种无法弥补的失落……"人生总是由千万个偶遇组成，错过并忘却其中的美好是对生活和生命的不敬。《主教》讲述的是古修道院主教尘世的最后一夜。他召来所有的修士诵读他写下的颂诗，向他最喜爱的修士讲述他虔诚的一生，随后拄着铁杖跪在神龛前苍然离世。这个普通农民成了古老圣像画中的伟大形象。他悠然苍劲的亡灵是如钟如磐的俄罗斯灵魂的象征。作者说："只有上帝知道如何衡量俄罗斯心灵的难以言说的美。"深究之，彼时的读者和批评家之所以被这些主人公打动，是因为他们都是具有悲剧意义的精神强者，属于永恒的人类时空。《黑夜的海上》是作家与医生的对话录，明显有着作者的身影。原本是情敌的两个社会名流分手二十三年后在游船上相遇。时间流逝，女人早已离世，作家被人夺爱后的痛苦和仇恨也早已烟消云散。不过，"水天相连的地平线""显得黑暗,愁惨"。开放的结尾引发读者关于时间、人性、爱、生命这些永恒命题的思考：是时间的残酷、人性的不堪、爱的虚无，还是生命的无常？

这些充满深邃哲思的散文具有很强的情感张力。布宁总是以生活中的感觉、直觉为先，总是有意识地让认知的理性滞后，让在生活中获得的感觉的朦胧和暖意容涵一个深邃而博大的理性世界。他先让浸润在感性故事中的生动和丰饶感染你、引领读者，再让读者自己求得一种知觉中的人生本质的还原。

文化散文是布宁散文创作中的又一个亮点，独具艺术魅力。文化散文并非布宁的独创，但将它们上升到民族精神、灵魂的高度却是这位散文作家的独到之处。在他的笔下，文化不仅是题材，而且是探究俄罗斯民族性的钥匙。

《陈年旧事》可视为一篇深刻的文化隐喻。一个名叫伊万·伊万内奇的古老的俄罗斯人和一位"曾经入世很深"的老公爵同在莫斯科阿尔巴特街北极饭店下榻，前者气衰力竭、不思进取，后者无所事事却显得忙碌不堪。奇诡的是，不识好赖的前者竟莫名其妙地被后者迷住，亦步亦趋起来。作品是对曾席卷全俄的西欧主义的深刻讽刺。对于伊万来说，"其实重要的不是对什么着迷，而是渴望被迷住"，"我们总希望过一种新的生活、穿一套新的衣服、戴一顶新的帽子、做一种新的发式、在某方面向某人看齐、结识新的人、交新的朋友等等"。服膺此观念的俄罗斯难免处处碰壁，无处存身。《名气》中，一个古旧书商讲述了一个个俄罗斯假先知、假圣愚的故事。这些头顶光环的历史"名人"实际上是骗子、赌徒、无赖、泼皮、白痴、疯僧、罪犯，他们之所以在历史上屡屡得逞，就在于民族文化的"虚名崇拜"。俄罗斯文化史或许也是一部骗子和败类的崇拜史。《书》讲述的是生命世界与书本世界、现实世界与虚构世界的对立统一。前者鲜活、生动，充满了美好、快乐和幸福，但若没有文字记录下的生命的历史、崇高的轨迹，人类便难以抵达远方——一个美丽的精神高原。书信体散文《不相识的朋友》是一位女读者写给一位名作家的不求回复的十三封信。布宁隐喻式地表达了他的文学观：文学是创作主体心灵生活的一种方式，是对个人灵魂的倾诉和倾听，是克服了空间、地域、命运差异的人类共同的情感、思想的表达，是人的心灵唱出的歌。

三

较之于诗歌与散文，布宁的爱情短篇小说集《暗径集》似乎更为作者本人青睐，也赢得了读者和批评家更多的关注。布宁说："这本书讲了悲剧性的，还有许多温柔的和美好的东西，我认为，这是我写得最好的、最独特的东西。"

小说集以"暗径"为标题起码可以作两个层面的解释。第一层意思是，作家笔下的爱情常常发生在贵族庄园里幽暗的林中小径上，正如小说所援引的诗所言，在那"蔷薇花开红似火，暗径菩提处处荫"中。如《纳塔莉》《安提戈涅》《橡树庄》《大乌鸦》等。第二层意思是，爱的征途不只是甜蜜、幸福的情感大道，还是布满迷津并充满悲剧的情感"暗径"。如《暗径》《高加索》《穆莎》《鲁霞》《深夜时分》《亨利》《犹太地之春》《小教堂》《净身周一》等。爱情中什么都有，什么都可能发生。布宁说："这本书里的所有的故事都是讲爱情的，是讲爱情的'幽暗'和常常是非常阴郁与残酷的小径的。"

首先进入我们视野的，是书中的核心篇《暗径》。两个昔日的恋人，曾经的老爷和女佣，今日的将军与旅店女店主，三十年后邂逅。爱情尚未发展到婚姻便让位于各自的现实生活，两人地位不同,对生活、爱情的理解也不同。男人说:"你总不能一辈子爱我吧?""一切都会过去,一切都能忘掉。"女人却回答:"我可是把我的美貌,我的热情都给了您。""一切都会过去,可不是一切都能忘掉!"杯水主义是男人的催情之药,更是诛爱之刀。惩罚似乎早晚到来,将军终未逃脱妻子背叛、儿子堕落的因果之约。两人都经历了背叛,只是坚定的更坚定,卑琐的仍卑琐。

布宁是相信世间有真爱的,《暗径集》中为数不多的表现美好爱情的篇目无不是令生命饱满、丰盈的个体情爱。这种爱没有任何功利色彩,既不排除肉体的欲望,也期求情感与精神的契合。需要指出的是,在作品中这种"真爱叙事"仅仅停留在呈现层面,只作为一种爱情现象告诉人们的,无涉社会思考与价值评判。

《纳塔莉》描述的是少男少女初恋的生理冲动、心理变化及情感纠结,特别是那种一往情深的痴恋。贵族青年"我"和两位美丽姑娘的微妙情感同样清纯、美好。命运使然,纳塔莉嫁了人,可真挚的爱保留到了生命的最后一刻。而"我"一旦与一个农家女一起生活,便"根本无法想象""爱上别人,跟别人结婚"。与"我"有了爱情结晶的农家女说:"您走吧,去快快乐乐地生活吧,不过您记住一点:要是您正经爱上了别人,打算结婚,我马上抱着他投水自尽。"这个"他",是"在她怀里吃奶的娃娃"。真正的爱是长久的,不可能不幸的。《深夜时分》描写老年的叙事人月夜重游初恋旧地,被唤起巨大的愁绪和悼惜之情。女孩早已不在人世,但当年的石板、光华四射的星星、庄严肃穆的修道院,仍见证两人无猜无忌、绸缪缱绻的爱情。《鲁霞》中,丈夫向妻子坦陈当年做家庭教师时与姑娘鲁霞相恋,但被她母亲逐出家门。初恋来得快,去得也快,几乎转瞬即逝。二十年过去了,为人夫的他仍无法忘怀,为了不让妻子不快,他只是用她听不懂的拉丁语说了一句:"真正的爱情只有一次!"《小教堂》里,小教堂以及坟地里的亡人中,除了年长的老者,还有一个自杀的年轻的叔叔。不解的孩子们被告知说:"他爱得太深了,爱得太深的人往往自杀……"《狼》里,大车上的一对相恋的少男少女在林中遇到了狼,受惊的马在耕地狂奔,姑娘无所畏惧地夺下车夫手中的缰绳,制止了一场悲剧,却在脸上留下了一道永远的伤痕。"她后来爱过的人,不止一个,都说没有什么比这道伤痕更可爱的了,它就像一丝永恒的微笑。"

然而,爱情小说集《暗径集》中深藏的是一个斯芬克斯式的命题:爱情是人类一解再解却永难解开的谜团。正如王尔德所说:"爱情之谜比死亡之谜更大。"[①]布宁无意解题,他只是

---

① [俄]弗·索洛维约夫等:《关于厄洛斯的思索》,赵永穆、蒋中鲸译,辽宁教育出版社,1998年,第63页。

回寻——回到爱情本身的纷乱中来。诗人霍达谢维奇说:"布宁观察和研究的对象不是爱情心理,而是爱情的非理性,其难以认知的本质(或其本质的不可知性)。"

《橡树庄》中,骑兵军少尉与庄园管家的老婆偷情,事发后,女人被她男人吊死,男人也被发配去了西伯利亚。《高加索》讲述"我"与一位军官妻子的私奔,追随而至的丈夫在爱的绝望中开枪自杀。《叙事诗》是女香客讲的一个故事:老公爵迷上了刚进门的儿媳妇,儿子不得已带着新娘子逃跑。老公爵骑马追逐,途中意外地被"上帝的狼"咬死。对自己的疯狂之举深感罪孽的老公爵终有所悟,临终前作了忏悔,把那只狼画在了他的坟墓旁,以警示后人。死亡似乎是作者提供给这一"爬灰"企图的最终出路,又似乎是对情欲风暴的一种临终审判。小说《美人儿》和《傻丫头》的着力点不在爱情,也不在婚姻,而是肉欲给男人和女人以及他们的孩子带来的巨大不幸。

另有一组小说讲述风流男女的奇异恋情——没深没浅的勾搭,恣肆无爱的放纵。作家采取的是道德悬置、臧否缺位的叙事立场。他要表现的是作为生活经验事实存在的两性关系的实然形态,可以看作他对黄金世纪俄罗斯文学将爱情社会化、理想化、崇高化的反拨,对俄罗斯文学爱情书写的话语重构。

《亨利》讲述的是文化男女的乱情。诗人格列博夫赴法国尼斯旅行，他年轻、帅气、精力充沛，渴望新奇，期盼艳遇。少女诗人娜佳来旅店道别，不错过片刻的欢愉；李姑娘来车站送行，不忘频频示爱；列车里还另有纤细活泼的女记者兼翻译家亨利在包房中等候。这三个漂亮时尚的年轻女人各有自己的生活、情人，哪一个也没有与他建立深入的关系，进入真正的生活，因而也无真正的情义可谈。《犹太地之春》是一个考察队员的自叙。他在耶路撒冷的耶利哥看上了当地族长的不满十八岁的侄女，利用她送羊奶酪的时候，用一个英镑的金币占有了她，最终被族长打伤，落下了终身残疾。《穆莎》与《惩罚》是作家从女性欲望角度探讨女性生命本然和情感追求的两篇小说。前者的女主人公是一个大胆、泼辣的音乐学院女生，主动向"我"示好，尽情释放她的爱，随后又很快移情别恋。后者的叙事人画家"我"遇到了一个"有爱的需要""而从来没有真正体验过爱"的女人。她先遭丈夫抛弃，后又被同居的男人欺骗，最后在"我"这里找到了新的爱的寄托。《大乌鸦》里，身居要职的父亲强行夺走了儿子的爱。《"萨拉托夫"号》，中青年军官被情妇告知她要重归旧情人的怀抱，军官在激愤中把她开枪打死，他自己也成了囚徒，被发配去了远东。《投宿》里一个摩洛哥男人因为要对一个青春美貌的姑娘非礼，而被她的忠实的狗咬断喉管死去。

上述小说多以对话的形式展开，男女相互倾诉各自埋藏在心底的情感秘密和伤痛，在对话、倾诉、聆听中呈现情爱中人的冲动、焦虑、惶恐和无助，抚慰人心，唤醒人性，更重要的是还原和敞开爱情中被遮蔽的人的生存真相，冲破现实生活中或隐或显的话语堤坝和话语屏障。

显然，布宁的爱情小说不是凭借故事的完整性和曲折性吸引读者，而是靠寓意、靠言外之意激发读者的思考和想象的。细读小说，你会发现，爱情有时只是一层新颖而别致的窗户纸，小说真堪把玩的还是对人性的解密和探索。作家凸显的是爱情在故事之外的"文学"意义，诠释他基于文学想象的对爱情形态的各种理解。作家始终关注的东西没有变：探秘人性幽微，关怀人的生命存在，探索人的本质与多重的属性。

布宁不是一个社会批判型作家，他从不追寻时代命题的答案，从不关注光鲜亮丽的伟岸形象，只是关注自然宇宙和历史文化中的美与和谐，关注人类个体寻常生活中的感情和状态。这些人构成了人类生活"木桶"中最短的一截，是它们控制着历史进步的速度，决定着社会发展能实现的历史位移。他的诗歌、小说、散文都有一个共同的特点：清丽、本真。"清丽"是说，他讲的故事与日常生活具有一致性，抒发的情感顺畅、舒缓，语言晓畅、亮丽；"本真"是指，作品没有理性的雕琢、加工的痕迹，没有宏大叙事，不提供关于历史规律的任何信息，描写的是原生态的人性与人情，揭示的是生活的秩序和人生内在的真理。

阅读布宁的诗文一定能给中国读者带来不同于阅读其他俄罗斯作家作品的另一种感觉和快乐。

张建华

二〇二〇年三月

诗歌

诗 人[1]

忧郁的艰苦的诗人,

你为贫困所迫的穷人,

你无须总想要挣断

自己身上赤贫的锁绳!

你用不着以轻蔑的态度

去战胜自己的种种不幸,

你,喜欢光明的憧憬,

你要热爱,你要深信!

贫困常使光辉的思想

和美好的梦幻感到乏味,

它迫使人们忘记幻想,

---

[1] 魏荒弩翻译。本书译诗基本由陈馥翻译,除非另注。

引人流出痛苦的眼泪。

当苦难把你折磨得精疲力尽,

已然忘记那无效的繁重劳动,

你会活活地饿死,——人们将在

你墓前的十字架上插满花丛!

(1886)

悼纳德松①

诗人在他的盛年

永远闭上了双目;

死神摘下他的冠冕,

随之放进他的坟墓。

在晴空万里的克里木,

年轻的生命就此结束;

诗人的宏伟的天赋

也藏进了他的棺木,

连同充满爱的火热的心,

还有神圣的诗歌的梦境!……

他的生命短促,然而高尚,

自幼服务于艺术的殿堂;

---

① 布宁于一八八七年发表的第一首诗,他时年十七岁。

他有诗人的名加诗人的魂，

既非冒牌，亦非冷漠无情；

诗歌的强大力量

活跃着他的想象；

他的心喷涌着灵气，

燃着炽热真挚的爱！

他高贵的心深深蔑视

仇恨与熏心的利欲……

也许此生他本该

如大鹏展翅高飞！……

然而飞得快的死神

却冻上了他的双唇，

又以题词凄凉的墓碑

盖住了他冰凉的尸身。

诗人沉默了……然而

他将活在历史传说里，

他用诗琴歌颂的祖国

永远不会把他忘记！

"安息吧！"我悲哀地说，

同时用这只稚嫩的手

将自己的一片花瓣

编入诗人墓上的桂冠。

(1887)

乡村乞丐

大路边的橡树荫里,

躺着残废的老乞丐;

他头上有烈日烘烤,

他身上只有破呢袍。

长途跋涉使他疲惫,

他在田间躺下休息……

骄阳炙着他的双足、

裸露的脖子和胸脯……

显然,是贫困击倒了他;

显然,他找不到栖身地。

命运无情地迫使他

含泪在他人窗下叹息……

首都见不到这般景象……

让贫穷折磨成这样，

即便在铁窗后的牢房

也难见到如此惨状。

他度过了漫长的一生，

他的一生充满了艰辛。

而今到了就木之年，

他的气力已经用尽。

他走过一村又一村，

气衰力竭哀告声微。

死期虽近，苦难未尽，

不幸的老人还要面对。

他睡着了……醒来以后

仍需继续乞求，乞求……

看到罗斯这般困苦，

心里如何能不难受！

(1887)

野　花

在那玻璃房里的灯光下，
艳丽地开着些名贵的花；
花儿们吐着淡淡的甜香，
托起它们的茎叶多漂亮。

它们在温室里娇生惯养，
它们都来自海外的他乡；
搅雪风不会来惊吓它们，
雷雨夜凉也不折磨它们……

我的故乡有它们的兄妹，
是些开在野地里的草花；
培育它们的是馥郁的春天，
在五月森林草地的绿茵间。

它们看到的不是温室,

而是广袤无垠的蓝天;

不是温室的灯光,而是

永恒星座的神秘图案。

它们的美丽含着羞涩,

叫人觉得悦目而亲切。

它们诉说着过去的那些

早已被遗忘的光辉岁月。

(1887)

田野像无边的海洋，渐渐黯淡，①

吞没了忧郁的霞光；

朦胧的夜影浮游于草原之上，

   追随着无言的霞光。

只有黄鼠在黑麦间吱吱地叫，

还有跳鼠，神秘似幽灵，

在地界上无声地向前急跳，

   忽然失却了踪影……

（1887）

---

① 本诗原无题，为方便读者查找，在目录中取首句为诗名。以下同，不再一一作注。

儿时我爱教堂的黝暗，

尤其在夜晚时分，

当它被烛光照亮，

面对祈祷的芸芸众生。

儿时我爱彻夜的礼拜，

听人们在一起唱念，

句句是内心的独白，

忏悔自己的过失罪愆。

我在入口的廊上伫立，

在人群后面缄默无语。

我带到那里去的是

心中的快乐和伤悲。

每当唱诗班轻声颂赞

《静静的光》，我感动得

忘记了不安和忐忑，

心亮成一团欢乐的光……

(1888)

别吓我，我并不怕暴风雨：①

　　春天风雨的轰鸣有多么欢愉！

雷雨过后，大地的上空

　　蓝天将显得分外喜幸，

雷雨过后，有一片新意，

　　花儿在明丽的光辉中

透着更加馨逸，

　　显得格外富丽！

但我最怕天气阴霾：

　　无谓奔忙，终日劳碌，

我难过地想，生活过得

　　既没有痛苦，又无幸福，

既没有劳动，又没有斗争，

---

① 魏荒弩译。

生命的源泉将会干枯,

仿佛阴郁的濛濛云雾

永远要把太阳遮住!

(1888)

茨冈姑娘

前头是大路，篷车，
老狗紧跟在车侧，——
前头又有自由，草原，
开阔的空间，无垠的天。

她装模作样落在后头，
熟练地嗑着葵花籽儿。
她说，她的心给蜇了，
那毒液像火一样烧燎。

她说……可黑炭似的眸子
为什么要把秋波暗递，
如太阳，如金子一般？
可又漠然，与我无关。

多少层裙子！标致的脚

套着一双合适的皮靴,

苗条的身躯不安地扭着,

黝黑的双颊简直是瑰宝……

前头是大路,篷车,

老狗紧跟在车侧,

幸福,青春,放浪,

草原,天空,太阳。

(1889)

鸟儿不见了。树林顺从地凋萎，①

落尽了叶子，病恹恹的。

蘑菇没有了，可它的潮味

留在生菌的河谷，浓浓的。

荒野变矮了，透亮了，

灌木丛中的草倒下了；

在秋雨的淫威之下，

落叶腐烂着，更黑了。

野地里刮着风，天气寒凉，

阴沉，但爽朗；整天整天

我在空廓的草原上逛，

---

① 高尔基曾经提到，托尔斯泰称赞这首诗写得很好、描写准确。

远离大大小小的村庄。

马蹄为我唱着眠歌,
我满心欢喜地聆听
那野地的风是如何
对着枪筒单调地哼。

(1889)

我头上是灰色的天宇,

树林开了天窗,脱了衣裳。

我脚下的林间通道旁,

黄叶间夹着黑色污泥。

上面是寒冷的喧嚣,

下面是凋萎的沉默……

我的青春是——漂泊

加独自思索的快乐!

(1889)

草 原 上

昨天在草原上我的耳际
传来一阵雁鸣，是野性的，
在寂静的田野上空逝去……
一路平安！它们不留恋这里，
在温暖的蓝色的大海那边，
有一片繁花似锦的新天地，
一个新的春天就等在前面；
可阴郁的寒冬要来到这里，
草原枯干，树林荒芜沉寂，
秋风驱赶着一团团的乌云，
暴露出树丛中野兽的踪影，
又将落叶填满沟壑与谷地，
而在夜晚的深沉的黑暗里，
树木的喧声伴着点点烛火，
那是神秘地明灭着的狼眼……

诚然，故乡此时让人难过！

向南迁徙的鸟儿啊，不过

你们的响亮呼声，自由而得意，

却并未唤起我心中的妒意。

凄凉严酷的季节即将来临，

露宿草原的只有灰色的雾，

在黎明的昏暗中只能辨出

雾障里有一些土岗的黑影。

向南迁徙的鸟儿啊，可是

我爱家乡的草原。贫瘠的村庄——

是我的故园；我回到这里，

厌倦了日日孤独的流浪，

懂得了家乡的凄清的美，

还有这美中包含的福气。

一些日子又有和风送暖，

太阳露出笑脸，照得耀眼，

树林、草原、古老的庄园、

林中的湿叶又感到了温暖；

看哪，一切重又喜气洋洋！

这种时候，迁徙的鸟儿啊，
我们这个地方又有多好啊！
在树枝赤裸发黑的林子里，
穿过白桦树的金黄色叶片，
我们看见的是温情的蓝天！
这种日子我喜欢四处游逛，
吸入那凋零的杨树的清香，
聆听飞来飞去的鸫鸟低鸣；
我爱独自跑到边远的田庄，
去观看秋播作物渐成绿茵，
耕地在阳光下像丝绒一样，
而远方的金黄色麦茬地上
罩着雾气——是透明的天青。

迁徙的鸟儿啊，当我无限惆怅
目送你们一群群飞向南方，
我的春天那时便向我呼唤——
是爱情与青春华年的梦幻！
昔日的幸福，逝去的时光
总浮上心头……可我不惋惜：
我的心已不似以往悲凉，

昔日活在我无言的心里。

这大千世界随处皆美，

一切于我都亲切可贵：

甚至大海彼岸的春光，

甚至北方贫瘠的田地，

迁徙的鸟儿啊，甚至

无法给予你们安慰的——

对悲苦的命运的顺随！

(1889)

献给祖国[1]

啊祖国,他们嘲笑你,

啊祖国,他们责备你,

因为你的憨直,你的

肮脏农舍令人鄙夷……

有如一个安逸的无耻的儿子,

他为自己的母亲而感到羞愧——

她在他的那些城市朋友中

显得很疲倦、很懦弱、很忧郁。

他带着怜悯的微笑

注视着她,她跋涉千里,

到再见面的时候,

---

[1] 魏荒弩译。

为他省下最后一个戈比。

(1891)

如今我再也找不到那颗星星,①

那黎明前在池塘闪耀的灯火,

它在漆黑的水面上摇动,

在废园弯曲的白柳下闪烁。

如今我再也回不到那度过

青春岁月的故居和村庄,

我曾在那里等待过幸福和欢乐,

还在那里谱写过最初的乐章。

(1891)

---

① 魏荒弩译。

致 故 乡

故乡，他们嘲笑你，
故乡，他们指责你，
只因你全无一点装扮，
黑色的农舍显得穷酸……

在城里的朋友面前，
儿子竟然丧尽天良，
自愧有这样的亲娘——
疲惫，愁苦，上不得台面，

脸上挂着凄楚的微笑，
把千里外的他乡远眺，
珍藏着最后一枚铜板，
期待着再与爱儿相见。

（1891）

在远离我的故乡的地方，

我梦系着开阔幽静的村庄，

一株白桦就长在大路边，

冬麦、耕地，加上四月天。

清晨的天空蓝得温柔，

涟漪般的白云在飘浮，

白嘴鸦神气地踱步在犁后，

潮气升起在耕地上头……还有

云雀的颤音，多么响亮，

那歌声来自晴朗的天上。

在远离我的故乡的地方，

我梦系着新娘般的春天：

蓝色的双眸，瘦削的脸蛋，

匀称的身材，淡褐色长辫。

晴和的早晨她在野外多高兴!

她爱家乡,爱那草原与寂静,

贫瘠的北方与祥和的农耕;

她怀着敬意望着田地,

嘴在微笑,眼睛在沉思——

那是青春和幸福的第一春!

(1893)

如果当时我能

只爱你一个人，

如果我也能忘记——

你已经忘记的事，

永恒的夜的永恒黑暗

不会让我恐惧不安，

我一定会高高兴兴

闭上我疲惫的眼睛！

（1894）

祖 国[①]

在深灰的死寂天空下

冬日显得阴沉郁闷,

大片松林无涯无际,

一直绵延到遥远的乡村。

只有青乳色的薄雾,

像是谁的温情的哀愁,

在这茫茫的雪原上空

使朦胧的远景增添轻柔。

(1896)

---

① 魏荒弩译。

我真幸福，当你向我
送来你的蓝色的秋波，
它们闪着青春的希望，
好比万里无云的穹苍。

我真痛苦，当你低垂
黑黑的睫毛，沉默不语：
你爱着，却浑然不知，
羞怯地将爱藏在心底。

无论何时，无论何处，
在你身旁我心欢愉……
亲爱的！愿上帝祝福
你的青春和你的美丽！

（1896）

向晚的天空,你为何伤悲?①

是否因为我难舍陆地,

无边的海洋又罩上了雾气,

　　太阳也远远地躲起?

向晚的天空,你为何美丽?

是否因为陆地已远去,

落霞也含着离情别绪

　　从航船的风帆上退去;

夜来海浪轻轻地喧响,

唱着眠歌催我入梦乡,

让孤独的心灵和伤感的遐想

---

① 这首诗原题是《在海上》(*В море*)。

漂浮在浩淼的水上?

(1897)

田 庄 上①

蜡烛结了花,冬夜漫长……

你在暖炕上举起静静的目光——

用吉他把一支老歌吟唱,

它无牵无挂,豪迈而又忧伤。

"哪里去了,黄金般的幸福?

是谁把你扬弃到了野外?

逝去的日子没有回头路,

太阳不会从落处升上来!"

蜡烛结了花,冬夜漫漫……

你耸起眉毛,目光黯然……

逝去的日子决不会回转!

---

① 这首诗写的是作者的父亲。田庄(xyтop)是一座小庄园,或者两三家农户在一起,独立于村子。

你的过失不由我来审判!

(1897)

我拉起你的手久久注视，

你心醉神迷，害怕仰视；

在这只手上有整个的你，

我触到你的灵魂与肉体。

还要什么？有什么比这更甜蜜？

可你，雷电一样不安分的天使，

已经在我们头上飞翔，为的是

以致命的激情将我们击毙！

（1898）

星 团[1]

向晚,沿着一条条小径我随意
　　漫步在瞌睡的湖畔。
满园是落叶与果实的扑鼻香气,
　　还有秋的干爽清凉。

园子早已变得疏朗,天上的群星
　　在枝条间闪着白光。
我慢慢前行,只有如死的寂静
　　独占着小径的幽暗。

夜凉中每一步听起来都很响。
　　星团好似皇家徽记,
组成它们的粒粒钻石以寒光

---

[1] 最初发表的时候无题。

映照着夜空的岑寂。

(1898)

森林的寂静里有着神秘的喧声,①

秋在林间吟唱,走动,无形无影……

白昼一天暗似一天,于是又重闻

松涛伴和下的愁煞人的哀音。

"让黄叶去随风翻飞,

让它们扫除昔日的愁痕!

希望、悲伤、爱情——这些陈词,

就像枯萎的树叶,不会返青!"

黄叶飞向天涯,松林悲鸣……

在一片绝望的怨歌声中

我听到的是对春的责问,

---

① 这首诗原题是《秋》(Осень)。

话里含着愁,温软动人。

无言的冬离我们还远……
心灵要再一次付与激情,
以悲为美,在悲中寻快感,
理智的声音——不听不听。

(1898)

春天是多么绚丽，多么光明！①

像往常一样，看着我的眼睛

并告诉我：你为何如此伤心？

又为何变得如此温柔可亲？

你不回答，柔弱得像小花一样……

哦，别说了罢！你无须对我讲，

我了解这种分手前的亲切温存——

　　又要剩我独自一人！

（1899）

---

① 俄国著名钢琴家、作曲家谢·瓦·拉赫马尼诺夫（1873—1943）曾为这首诗谱曲。

叶落时节①

森林宛如一座彩楼,

有浅紫,有金黄,有大红,

五色缤纷,喜气洋洋,

矗立在空廓的草地上。

白桦像雕刻的黄色花样,

在蔚蓝色的天幕上闪亮;

阴沉的云杉是顶楼,

槭树的空隙是窗牖,

这里一扇那里一扇,

都开向清澄的高天。

夏日骄阳将树木晒干,

松柏的清香四处弥漫。

---

① 最初有副标题《秋的诗》,并题献给高尔基。高尔基拿到印有这首诗的诗集后,曾经在给俄国诗人勃留索夫的信中称布宁为"当代第一诗人"。

秋这一位沉静的孀妇
如今跨进自己的华屋。

在空空的草地上面，
彩楼前的庭院中间，
轻柔的蛛丝闪闪发光，
仿佛是银丝织就的网。
最后的一只小蛾子
今天一直在院中嬉戏；
现在它伏在蛛网上，
恰似一片白色花瓣，
一动不动晒着太阳。
今天四下里多明亮，
无论林中还是天上，
都寂静得像死一样。
在如此深沉的静默里，
真可以听见叶儿低语。
森林宛如一座彩楼，
有浅紫，有金黄，有大红，
俯瞰洒满阳光的草地，
是妖术令它缄默无语。

一只鸫鸟咕咕地叫着，
在矮树丛里飞来飞去，
叶片上流着琥珀光波；
一群椋鸟在空中闪过，
它们忽地散落下来——
于是万象复归岑寂。

这是幸福的最后瞬间！
秋自然明白，这酣眠——
深沉而无声，却正是
那绵绵阴雨的先驱。
森林静默着，深沉而怪异，
纵然在向晚时分，夕阳
以黄金和火焰的光芒
将这座彩楼照得透亮。
接着楼里便逐渐阴暗。
月儿露出脸来，把黑影
投在一颗颗露珠上……
于是在这片草地上，
了无生气的秋林中，
忽然这么白，这么冷，

独自面对夜的空寂,

秋不禁觉得胆寒孤凄。

这时的寂静已然不同,

听呀,它在一刻刻扩大。

月儿随着升上了天空,

那么苍白,真叫人惧怕。

它把一切黑影都缩短,

又给森林罩上了轻烟;

现在它从朦胧的高天

睁大眼睛直视着人间。

哦,秋夜的如死般的酣梦!

哦,迷人的夜的可怖时光!

在潮湿的银色雾霭中,

草地上光明而又空旷;

这时森林满被着清辉,

展现出它的凝滞的美,

像在预告自己的死期;

连猫头鹰也噤无声息,

它蹲在枝头木然呆望,

忽而发出凄切的叫唤,

扇起它的柔软的翅膀，

扑拉一声离高枝他往，

它栖息到低矮的树上，

瞪圆双眼，不停地摆动

那有一对大耳的头颅，

左顾右盼，似不胜惊异；

森林却僵立在那里，

充满略带苍白的黑影

和腐枝败叶的霉气……

别指望一早会盼到

天上出太阳。阴霾细雨

冷烟般将森林笼罩，——

逝去的夜留下了痕迹！

而秋会深深地蕴藏

那个静谧无声的夜晚

给予她的一切感受，

遁入华屋，关门闭户，

任松涛在雨中澎湃，

夜夜只有潮气阴霾；

任空地上野狼成群，

闪着绿火般的眼睛！

这彩楼已无人照管，

它褪色了，一天天黯淡。

九月在松林中打旋，

这里那里掀去它的顶，

又以松针铺盖小径；

等到夜间来一场霜冻，

再融化，万象便没了生机……

野外有人吹起了号角，

那铜管乐器的音调，

像伤心的悲鸣，回荡

在雨雾封锁的大地上。

它穿透松涛，越过低谷，

消失在这森林的深处。

那野牛角阴郁地狂吼，

它号召猎犬们去捕兽；

猎犬们大声喧哗吵闹，

传播着荒原上的风暴。

冰冷的雨不住地洒落，

枯枝黄叶在地上打旋。

排成行阵的南迁大雁

最爱从森林上空飞过。

日子一天一天地过去,

清晨已经有雾气升起,

深红色的森林默然肃立,

霜冻的大地是一片银白。

秋洗净她的苍白的脸,

穿上她的银鼠皮外衣,

走出屋外,来到阶前,

迎接林中的最后一天。

庭院空了,寒气袭人,

从枯干的杨树间远望,

隐约可见低谷的灰青,

荒了的沼地更加宽广,

大路向南方远远伸去,

鸟儿们为了躲避风雪,

慑于冬的酷寒的威胁,

早已经朝着那边飞去。

秋一大早也要登程——

旅途漫长,无人相伴,

一任这华屋敞开窗门,

永远留在这片草地上。

别了,森林!别了,别了!
今天天气温和而又晴朗,
可轻柔的雪花不久就要
给僵死的草地穿上银装。
这松林,这被弃的空房,
寂静村庄的一座座小屋,
头上的无涯无际的穹苍,
还有这伸向天边的田亩,
在雪白、寒冷、荒凉的日子
都会显得多么怪异!
银鼠、松貂和紫貂,
小兽们却欢天喜地,
在雪堆上跑跑跳跳,
暖了身子又做了游戏。
风从冻土和海上吹来,
闯进了泰加原始林带,
像巫师一般地狂跳,
把满天的雪花乱搅,
在荒野发出兽的嚎叫,

捣毁了原先的彩楼，
只留下些木桩，然后
在这副空空的框架上
挂起透明透亮的白霜。
于是在蓝天的背景上，
出现一座冰雕的殿堂，
晶莹剔透，闪着银光。
入夜，在白色的花纹间，
会点起一盏盏的天灯。
到了万籁俱寂的时刻，
北极光就像冰冻的火
从天边升起，北斗七星——
长盾星座便大放光明。

(1900)

天亮还早,还早,①

夜在寂静的林中流连。

沉睡的松林张开天幕,

遮盖着黎明前温暖的黑暗。

天空刚泛出些儿鱼肚白,

早醒的鸟儿还没唱起来,

露珠挂在暗绿的云杉上,

针叶散发着夏季的清香。

让黎明晚一些来吧。

这林中的漫漫长路,

这夜晚——都不复返,

---

① 这首诗原题是《黎明前》(Перед зарею)。

但别时我们是那样淡然……

在沉默不语的松林中,

车铃声时低时高……

夜在河谷里悄悄走动……

天亮还早,还早。

(1900)

夜是如此悲哀，像我的梦幻。①

这片辽阔而荒凉的草原

只远远地闪着一星灯火……

愁与爱在我心中太多太多。

我能向谁诉，又能怎样讲，

什么充塞心胸，什么在召唤！

荒凉的草原无语，道路漫长。

夜是如此悲哀，像我的梦幻。

（1900）

---

① 谢·瓦·拉赫马尼诺夫和赖·莫·格利埃尔曾为此诗配曲。

黄 昏

一切都像在做梦。浓浓的冷雾
从山顶降到灰色的水面上头,
拍岸的海浪一声比一声阴险,
而黑色的裸岩做了岸边的墙,
冒烟似的雾气又来将它遮掩,
雾气懒懒上升,没入天的黑暗。

这样的一幅画庄严而又蛮荒!
海浪声中立着一道冒烟的墙,
犹如泰坦巨神的不灭的祭坛,
夜从山顶下来,像是步入圣殿,
从烟雾中传来了阴郁的合唱,
仿佛向隐身的众神齐声颂赞。

(1900)

长长的小径通向海边，

好似通向遥远的天际：

那里有墨蓝色的海水，

起伏在被遗忘的石柱间。

那里有石阶列队迎浪，

人面狮子躺卧在山巅；

夕阳西下后，石狮子们

庄严、平静地远眺海洋。

石狮子间有一条长凳，

坐着她……叫不出她的名，

然而我知道，她的心灵

深深地与我结为亲人。

我没爱过吗？躁动不安地

我寻求纯洁、温柔的女性，

为分享爱与幸福的青春，

将我的生命注入另一生命。

然而来到我心中的爱

却留下了悲哀的痕迹；

它召唤我并且诱惑我

追求生活中没有的快乐。

我从中得到的只有回忆，

回忆我的最美好的时日。

如今我爱的是创造的梦，

我又为无法实现而哀痛。

黄昏时分，这无言的小径

召唤我来到陡峭的海岸，

看这墨蓝色的海水上涨，

直涨到远方广漠的天际。

我的悲哀苦涩而又甜蜜，

我的梦境充满了光明,

是这人间的苦涩的美

让我重识非人间的乐趣。

(1900)

那海水的碧绿①

渗入玻璃的天宇;

晨星像一颗钻石,

辉耀在透明天底。

好似睡醒的婴儿,

它在霞光中抖颤;

风吹开它的眼睛,

不让眼睛再闭上。

(1901)

---

① 这首诗原题是《拂晓》(На рассвете)。

夜 与 昼

我研读一本古书,在漫漫的长夜,

一支孤烛抖颤着静静为我照明;

"万有无常——无论是悲,是喜,是歌,

惟上帝永在——在夜晚非人间的静中。"

清晨我看见窗外明朗的天空,

朝阳升起,群山向着蓝天呼喊:

"放下那本古老的书,直到日落。

众鸟在歌颂永在的上帝的喜乐!"

(1901)

小 溪[①]

沙漠中有一条小溪……
它匆匆奔向哪里?
为何在荒凉的岸间开路,
意志又这般坚定不移?

天空被暑气蒸得发白,
穹苍里不见一点云翳;
这满目灿灿的黄沙
仿佛包罗了整个天地。

清澈的小溪潺潺不断,
它似乎明白:它来自东方,
要流入大海,而那海湾

---

① 这首诗最初无题。

就把广阔天地向它展现——

接纳它,这潺潺的清溪,
在无涯的自由的天底,
让它加入浩淼的水域,
投进它博大的怀抱里。

(1901)

在那白雪覆盖的山巅,①

我用钢楔刻下了诗篇。

任岁月流逝,或许至今

白雪保存着我的孤痕。

高处的天穹是这样的蓝,

冬日的光照得有多欢;

那儿只有太阳,像利剑,

将我的诗刻在碧色冰面。

诗人能够理解我,这念头

令我欣喜。但愿他的问候

永不被山谷里的人接受!

---

① 这首诗原题是《冰上十四行诗》(Сонет на льдине)。

高处的天穹是这样的蓝,

正午时分我刻诗十四行,

只为了站在山巅的人。

(1901)

二月的空气还冷还湿，①

而俯瞰着园子的却是

这苍天的明亮的眼睛，

大地一天比一天年轻。

不久前下的雪在流泪，

苍白而透明，像春天一样；

一片片树丛、一汪汪水

反映着那天空的蔚蓝。

以蓝天为背景的树林

是我欣赏不已的美景；

在阳台边听灰雀唱歌，

---

① 这首诗原题是《解冻》(Оттепель)。

使我的心甜蜜地怦动。

我迷恋的不是美景,不!
不是色彩引我注目,
而是其中闪耀着的
爱情和生存的欢乐。

(1901)

我走着,我是如此渺小!①

当远方群峰的巨石山脊

随着我的临近逐渐升起,

我感觉自己是如此渺小。

等到我站在群山的峰巅,

超越了它们上升的极限,

一个人,在这荒凉的高处,

我体验到至高无上的苦。

大地成了我的脚凳。

庞大的它将我举起

到另一种生存境地,

---

① 这首诗原题是《山上》(*Ha ropax*)。

我的心便雀跃欢腾。

无底的恐惧并未逝去,

它从远方袭上我心间……

是否我看了上天一眼,

感觉到了自己的孤立?

（1901）

星星呀，我不倦地歌颂你们！①

你们永远这么神秘，这么年轻。

我自幼以畏怯的目光苦苦探寻

那黑暗深渊中的发光的金石文。

在孩提时代我本能地热爱你们，

闪烁的星光讲的故事那么动人。

青年时期的我也只与你们分享

我内心的希望和我内心的悲伤。

回忆当年我的初恋和我的表白，

我是在你们当中寻找爱的形象……

多少年后，你们也会将光辉洒在

---

① 这首诗原题是《永恒》(*Вечное*)。

我的那座被人遗忘的坟墓上。

星星呀,或许我会理解你们,
或许我的梦想有一天会成真,
人世间的种种希望、种种悲伤
最终将汇入充满奥秘的天上!

(1901)

如果你们和解，如果你们重逢——①

　　她已不再是昔日的她！

谁能挽回你们决绝的那个黄昏，

　　忧郁的眼中含着泪花？

光阴飞逝，昔日只留下

　　无谓的遐想，

只有花儿——你们新婚时正开放，

　　还有一张褪色的小相！

（1902）

---

① 据布宁的第二任夫人在她写的《布宁一生》中说，这首诗是针对布宁的第一任夫人而作，他们的婚姻维持了不到两年。

墓 志 铭①

我还没出嫁就离开了人世,
他说我是一个很美的少女;
但爱情只在我热切的梦里——
我的希望全都付与了逝水。

一个四月天我离开了人间,
永远地离去,顺从而又无言。
然而我活这一世并不冤枉,
对于他的爱情我没有死亡。

在这静静的墓地林荫道上,
只有风儿在半睡半醒地吹,
幸福和春天是万物的话题。

---

① 这首诗原题是《在墓地》(*На кладбище*)。

这古墓上的十四行爱情诗

表露着对我的不灭的哀思,

沿林荫道是一线湛蓝的天。

(1902)

孤 独

风雨交加，一片黑暗

  在冰冷的水漠之上。

开春前的生活已经死去，

  开春前园子全都空寂。

我一个人坐在别墅里，

画架后面真黑，一任风吹。

昨天你还待在我这里，

  但是已经十分厌烦。

到那个连阴天的傍晚，

  我已经感觉你像我妻……

好吧，别了！开春以前

我就无妻独居一段时间……

天上仍是那些乌云，

今天一直走个不停。

你在阶前留下的脚印

  已被雨水冲散洗净。

独自望着黄昏的朦胧，

难释难诉心中的疼痛。

我多么想大喊一句：

  "回来呀，我离不开你！"

可是对于女性没有过去，

  她不再爱了——我就成陌路。

罢、罢！生起炉火把酒喝……

能买一条狗就再好不过。

（1903）

我们偶然在街角相逢。

我正疾步——穿过黄昏的朦胧

忽地射过来一道电光,

来自长长的睫毛后方。

她披戴着透明的黑纱,

春风蓦地掀起了那纱;

她的脸庞和明亮的眼睛

令我捕捉到昔日的欢欣。

她温柔地向我颔一颔首,

为避开迎面风偏了偏头,

消失在墙后……正是大好春光……

她别了我,并且把我遗忘。

(1905)

君士坦丁堡

睁着乞求的哀愁的双眼,
是一群脱了毛的瘦野狗——
它们的祖先来自大草原,
跟在灰扑扑的大篷车后。

帝都百战百胜,辉煌富有,
它曾以狂潮似的匪帮血洗
你的宫室和你的园囿,
终于像一头饱狮长卧不起。

光阴飞得比鸟儿迅速!
斯库台的墓地已经遍布
上万陵寝和茂密的树木,
柏树间的坟冢犹如白骨。

历史尸灰盖着圣地尸灰,

辉煌的帝都如今已荒芜,

倾颓的拜占庭大殿堂内

只有野狗吠叫,声声凄楚。

后宫全空了,喷泉沉默了,

百年古树一棵接一棵枯死……

君士坦丁堡呀,君士坦丁堡!

伟大游牧文化的最后营地!

(1905)

歌

我是个普通的种瓜姑娘,
他是个渔夫——生性快活。
他看见过不少江河海洋,
他的白帆常在海口出没。

都说海峡的土耳其姑娘
长得美……可我又瘦又黑。
他的白帆已经没入海洋,
也许他从此就不再返回!

我要等他,不管天气怎样……
等不回来,就与瓜田结账;
我要把指环扔进海里,
再用辫子把自己勒死。

(1903—1906)

他人之妻

如今你是他人之妻,
　　可你爱的只有我一个。
你不可能把我忘记,
　　直到生命的最后一刻。

你完成婚礼跟他离去,
　　态度是那么谦卑顺从;
可你的头垂得很低——
　　没让他看见你的面孔。

你随他去做了妇人,
　　难道你不依旧是处子?
在你举手投足之际
　　蕴含着多少美与单纯!

还会有一次次变心……

  然而一生中不过一度

从满含爱意的双目

  羞怯地放射这般柔情。

你哪有本事对他掩饰

  你之于他形同路人……

你不可能把我忘记，

  决不可能，决不可能！

        （1903—1906）

萨迪①的遗训

要像棕榈一样大方。如果不行,
那就像柏树一样直、朴——高尚。

(1913)

---

① 萨迪(约1203—1292),波斯诗人(据《辞海》)。

文 字

陵寝、木乃伊、骨骼永远沉默,

只有文字生气勃勃。

从远古的幽冥中——在公墓上

只有文字发出声响。

爱护它吧,尽我们的能力,

在仇恨和痛苦的岁月里

我们再没有别的财富!

要珍惜我们不朽的天赋。

(1915)

山 中

诗歌晦暗,未能用文字表现
让我如此激动的野坡巉岩、
空空的河谷、露天的羊圈、
牧人的篝火和它呛人的烟!

我的心奇怪地骚动又快乐,
它似乎对我说:"回头吧,回头!"
那烟雾香得直渗入我心头,
我怀着羡慕和惆怅之情走过。

诗不在世人所谓的诗里,
诗在那传给我的遗产里。
我的遗产越多,我越是诗人。

我感觉到了我远祖留下的

他儿时的感受的模糊遗迹,——

世上没有时间和两样的心灵。

(1916)

散文

静

我们在夜间到达日内瓦,下着雨,然而天亮前雨停了,空气清新。打开阳台门,我们就感觉到了秋日凌晨那醉人的凉意。从湖上飘来的乳白色雾气在街上渐渐消散,太阳还不明亮,却已经在雾中生气勃勃地散射着光芒,湿润的风轻轻摇着缠绕在阳台柱子上的血红色野葡萄叶片。我们匆匆盥洗完毕,穿好衣服,走出饭店,因为睡足了觉而精神百倍,可以到任何地方去畅游一番,年轻的心预感到这天一定会过得很好。

"上帝又赐给我们一个美好的早晨!"我的同伴对我说,"我们每到一个地方,头一天出游都是好天,你发现了吗?不吸烟,只喝牛奶吃蔬菜,在户外生活,天明即起,这真使人向上!不仅医生这样说,不久连诗人也要这样说了……别吸烟,别吸烟,这会给人一种很久没有体验过的纯洁和年轻的感觉。"

不过湖在哪儿呢?我们迷惘地驻足片刻。远方的一切都在薄雾中,这条街尽头的路面却像黄金铺的一般在太阳下闪光。我们快步向着那看上去湿漉漉的闪光的路面走去。

在不见有行人的滨湖路上，太阳已经穿过雾障热辣辣地照着，眼前的一切都在辉耀。然而谷地、湖面和远处的萨瓦群峰仍旧是冷冷的。来到滨湖路上，我们不由得惊喜地止步，一个人突然从高处看见了无边无际的大海、宽阔的湖面或者谷地都会有这种感受。萨瓦群峰渐渐消隐在明亮的朝雾中，即便在太阳照射下也难分辨它们的轮廓，只有凝视，才能看见山脊刻在天上的一条细细的金线，感觉到那些山的庞大。近处，在十分宽阔的谷地和清凉潮湿的雾气中，就是那清澈透明的蔚蓝色深湖了。它还没有醒来，麇集在岸边的一艘艘小船的三角帆也都还没有醒来，好似一只只灰色翅膀高举在空中，无奈早晨是这样的静。两三只海鸥掠过水面，其中的一只突然从我们面前一晃而过，冲到街上去了。我们不约而同地转过身去，看见这只海鸥被它看不惯的景象吓着了，一个急转弯又飞回……住在晴朗的早晨会有海鸥飞去的城市里的人真幸福啊！

我们迫不及待地要走向山中，走向湖畔，走向远方……趁雾气尚未散尽，我们先进城，到小酒馆去买了一点酒和奶酪，逛了逛清洁宜人的街道，欣赏欣赏一座座静静的金色花园里的如画的白杨和法国梧桐。我们头上的碧玉色天空渐渐明净起来。我的同伴说：

"你知道吗，我常常很难相信自己真的已经身在本来只能望着地图遐想的地方，总要提醒自己想到这一点。瞧，这些山后面就是意大利，离我们这么近，你感觉到了吗？这迷人的秋天让你感觉到南方了吗？瞧，萨瓦，就是那些牵着猴子流浪的萨瓦小男孩的故乡，我们小时候读过讲他们的非常动人的故事！"

码头边有一些小船和船夫在阳光下打盹儿。透过清澈的蔚蓝色湖水看得见湖的沙底、桥墩和小船的龙骨。完全像夏日的清晨一样，只有这透明的空气中包含的平静让人感觉到是秋末的平静。雾已经消散得无影无踪，可以看见这湖沿着谷地伸展到很远的远方。我们脱了西服上衣，挽起袖子，荡起双桨。码头渐渐向后退去。在阳光下闪耀的城市、滨湖路、花园……也都向后退去。前方的湖面光辉刺目，船边的湖水越来越深，越来越重，越来越透明。把桨插进这样的水中能感觉到它的弹性，再看看由桨溅起的水花，心里真快乐。我回头就能看见我同伴的通红的脸，还有怡然自得地躺在布满发黄的树林、葡萄园以及一座座花园洋房的不陡的群山之间的蔚蓝色水域。我们放下桨，四周立刻静极了。我们闭上眼睛，很久很久只听得见从小船两侧流过的水发出的单调的汩汩声。凭着这水声就可以猜到水有多清澈。

"往前走吗？"我问。

"等等，你听！"

我已经举起双桨，汩汩声慢慢消失。从桨上滴下一滴水，两滴水……太阳越来越烈地烤着我们的脸……从山中离这儿很远很远的地方传来孤孤单单的均匀洪亮的钟声。那地方实在太远，以至于有时候我们几乎听不见。

"你还记得科隆大教堂的钟声吗？"我的同伴低声问我，"我比你醒得早，天刚亮，我站在敞开的窗前听了很久，那钟声在那座古老的城市上空多么孤单，多么响亮啊！你还记得大教堂里的管风琴，大教堂的中世纪的美吗？莱茵河，一座座古老的城市，一幅幅古老的画，巴黎……可是这儿的不一样，这儿的更好……"

这钟声既清又柔，送进我们耳中。我们听着，闭上眼睛坐着，感觉到有阳光亲抚着脸颊，并且有一股淡淡的凉意从水面上袭来，心里甜甜的。从远处传来满含怒气的轮机喧声，一艘纯白的小轮船闪着光在离开我们大约两俄里①的地方驶过去。玻璃样的湖水一波一波地宽阔平稳地朝我们奔来，好久好久才轻轻摇动了我们的小船。

"我们进山了，"轮船渐渐小了以后，我的同伴对我说，"生活留在了这些山外，我们正进入我们的语言无法命名的静的福地。"

他慢慢地摇着桨，说着，倾听着，我们周围的湖面也越来

---

① 1俄里约合1.06公里。

越宽。钟声时近时远。我想：

"山中不知什么地方有一座小钟楼，独自以洪亮钟声歌颂这星期日清晨的和平与宁静，召唤人们沿着俯瞰这片蓝湖的山间小路到它那里去……"

远远的山坡上布满色彩缤纷而柔和的秋的树林，一幢幢如画的花园洋房寂寞地度着这晴朗的秋日……为了洗洗杯子，我从湖中汲了一杯水，然后将水抛洒到空中。水飞上去的时候在空中闪了闪光。我的同伴又说：

"你还记得《曼弗雷德》①吧？阿尔卑斯山中一处瀑布旁的曼弗雷德。是正午时分。他念咒语，并且捧起一掬水向空中抛洒。在瀑布形成的彩虹中出现了女山神……多美啊！刚才我想到，既然可以拜火，也就可以拜水……崇拜自然，这太好理解了！活着，生存在世上，呼吸着，看见天空、水、太阳！这是多么大的幸福啊！可我们还是不幸！问题在哪儿？问题在于人生短促，在于孤独，在于我们生活得不正确吗？雪莱和拜伦都曾经在这湖上荡舟……后来是莫泊桑，他孤独，而心里却装着让整个世界幸福的渴望。所有的幻想家，所有曾经恋爱曾经年轻的人，所有到这里来寻找幸福的人，都逝去了，永远地消隐了。你我也会逝去……要点酒吗？"

---

① 十九世纪英国著名诗人拜伦的戏剧形式的诗篇。

我递过我的杯子，他给我斟满一杯酒，又惆怅地笑着说：

"我觉得，总有一天我会与这亘古以来的静融为一体，现在我们已经站在它的门口，幸福只在这静中。记得易卜生①的话吗？他说：'玛雅，你听见静了吗？'你听见了这山中的静②吗？"

我们久久地望着群峰，望着群峰之上那含着秋的无望的愁绪的柔净天空。我们想象自己远远地走在人迹未至的深山里……太阳高悬在四面环山的深谷之上，一只苍鹰在深谷与天空之间的广阔空间翱翔……只有我们两个人，我们正往山里去，越走越深，就像那些为寻找火绒草死在山里的人……

我们不慌不忙地摇着桨，倾听着渐渐逝去的钟声，同时谈着去萨瓦旅行的事，讨论我们每到一处究竟能待多长时间，可是我们的思绪不由我们，重又回到对幸福的憧憬上来。无论到哪里，对于我们是新的自然的美，艺术和宗教的美，在我们年轻的心中总是激起把我们的生活提升到那个境界、使之充满真正的快乐、并与他人分享这快乐的欲望。我们在旅途中随处都注意到一些女子，她们勾起我们对升华的、浪漫的、情调高雅的、几乎是对我们眼前时隐时现的理想女性形象的崇拜的爱情的欲望……不过这种退隐到密林和群山之外的幸福——你越追

---

① 易卜生（1828—1906），挪威著名剧作家。
② 加着重号部分文字在原文中是斜体，以下不再一一作注。

它,它退得越远——莫不是仙境才有?

我写下这一小篇东西,献给和我一起旅行、一起感受到那么多的同伴,他是我为数不多的挚友当中的一个。我也要向所有同我们一起漫游过、幻想过、感受过的朋友问声好。

(1901)

篝 火

在大路转弯处的一根指出村道方向的柱子近旁,黑暗中燃着一堆篝火。我赶着一辆由三匹马拉的长途马车,听着车轭下的铃声,呼吸着秋夜草原上的新鲜空气。那篝火烧得很旺,离它越近火苗与它上端的黑暗对比越突出。不久就可以分辨出那根由篝火从下面照亮的柱子,以及一些坐在地上的黑黑的人形。这些人仿佛坐在一个阴暗的地穴里,而相互交织的火舌使得这地穴的几个漆黑的穹顶颤动着。

当篝火的反光照到三匹马头上的时候,坐在篝火旁边的人就转过脸来。他们的姿态是警惕的,面孔通红。火光中忽然凸现出一只狗,大声吠叫。接着就有一个人从地上站起身来。在篝火照亮的低矮空间里,这个人显得奇大无比。他喉音很重地朝那只狗喊了一声:

"吉——拉!"

我拉住马,向他们讨火柴。

"晚上好!"我说,"能在你们这儿点支烟吗?"

那个站起来的人正等着我发话，他是个胸部宽阔、身体健壮的老头儿，戴一顶羊皮帽，披一件羊皮筒子，因为狗叫听不清我的话气得直跺脚。

"这该死的！"他对那只看羊狗叫骂道，同时一直警惕地看着我，并且用很重的茨冈口音大声说，"晚上好，老爷！您有什么事？"

他的鼻孔轮廓清晰，胡子一直长到眼睛下面。那黑眼睛、从帽子底下钻出来的粗硬的黑色鬈发、丛生的硬胡子，都使人感觉到其中包含的草原人的野性和警惕。

"瞧，没法点烟，请给我两根火柴。"我又说。

"茨冈人会有火柴？"老头儿反问道，"要不老爷就着篝火点吧？"

他走到篝火边，弯下身去，不动声色地拿起一块烧红的煤炭扔到掌心里。我连忙凑过去点烟，并且飞快地瞟了这一小群人两眼。坐着的人当中有一个衣衫褴褛的棕红色头发的农民，显然是个来自底层的打工流浪汉；还有一个茨冈青年。那茨冈青年双手抱膝，傲慢地仰着头，斜睨着我。他那张有点发蓝的黝黑的脸十分俊俏，眼白突出，眼睛里有惊愕的神情。他穿得挺帅气：一双细皮长筒靴，一顶新的有檐便帽，一件城里人穿的西服上衣，还有一件雪青色丝织衬衫。

"老爷是不是迷路了？"那老头儿一面把煤炭扔回火堆里，

一面问道。

"没有。"我说着又看了篝火一眼,闪动的火光使我目眩。这时候从黑暗中又现出一个上窄下宽的大帐篷的灰色底边,扔在一边的大车车轭和车辕,还有一个茶炊,几个瓦罐,一床很大的羽绒褥子,有个穿得破破烂烂、身子肥胖的茨冈女人躺在羽绒褥子上给一个半岁大的婴儿喂奶。在这一切之上,是一个约摸十五岁的女孩儿,她站在那里,一双美得不寻常的眼睛以哀求的目光若有所思地看着我。

"要给您带路吗,老爷?"老头儿又热心地问。

"谢谢,不用。"我连忙回答说,并且仰靠在车座靠背上喊了一声:

"走!"

三匹马重新上路,马蹄整齐地敲着路面,车铃大声怨诉起来,压倒了我们身后传来的狗吠声……

没了温暖,没了燃烧的荒草气味,夜凉扑面,前头又是黑乎乎的野地。车轭的一弯黑拱高高地映在天上,摇摆着,触到这些或那些星星。我却比在篝火旁更加清晰地看见了那黑发,那温柔热情的眼睛,那脖子上挂着的旧银项链……于是,满被露水的小草气味,寂寞的铃声,星星和天空,就都给了我一种新的感觉,使我烦恼,使我困惑,向我诉说着一种无法弥补的失落……

(1902—1932)

数 目 字

一

亲爱的,你长大以后,是否还想得起,有一个冬天的晚上,你从育儿室出来,到餐室去,那是在我和你吵过一架之后,你站在门口,垂下眼睛,苦着小脸?

我应该告诉你,你很调皮。你迷上了什么就控制不住自己。你常常从大清早到深夜大声喊叫,跑来跑去,闹得全家人不得安宁。不过等你闹够了,安静下来,从一间房遛到另一间房,最后来到我这儿,孤孤凄凄地趴在我肩膀上,我真不知道还有什么比你更让我感动的!如果这是在我们吵过一架之后,如果这时候我对你哪怕说一句亲热的话,我简直无法表达你在我心中激起了怎样的感受!你猛地扑上来亲吻我,用两只手紧紧地搂着我的脖子,充满孩子才会有的那种绝对的忠诚,那种热烈的柔情!

但是那次吵架吵得实在太厉害了。

你记得吗?那天晚上你甚至不肯走到我身边来。

你碰了碰脚跟向我行礼，低声说了一句："晚安，叔叔。"

当然，在你做错了那些事情以后，你想表现得格外周到、格外懂事，像个听话的好孩子。是保姆从前教你："碰碰脚跟！"她把她知道的唯一的一种受过良好教育的表现教给了你。你为了向我买个好，就想起了你的文雅举止库里还有这样一件宝贝。我也明白，所以连忙回应，好像我们之间什么事情也没有发生过，不过我还是回应得很克制，只说了两个字：

"晚安。"

这样的和解能让你满意吗？何况你还没到会耍滑头的年纪呢。你的苦恼过去了以后，你的心又以新的热情渴望得到那一整天迷得你放不下的东西。晚上这渴望一回到你心里，控制了你，你就忘记了自己的委屈，自己的自尊心，自己的坚定不移的决定：恨我一辈子。你沉默了一阵，鼓足了勇气，突然冲动地对我说：

"叔叔，原谅我……我再也不了……请你还是教我数目字！求你了！"

听到这样的话还能不赶快回应吗？不过我还是迟疑了一下。你看，我是个非常非常聪明的叔叔……

二

这天你醒来又有新的想法、新的渴望，而且占据了你的整个心灵。

你刚刚知道还有一些你没有品尝过的乐事：拥有自己的画画书、文具盒、彩色铅笔——一定要彩色的！学会读、画、写数目字。这些事情要在一天之内尽量快些做到。早晨你睁开眼睛就把我叫到育儿室去，向我提出一个接一个的热烈请求：快点给你订儿童杂志、买书、买铅笔、买纸，马上学数目字。

"可是今天是沙皇日，什么事情都不许做。"我撒了一个谎，想把事情推到明天，哪怕推到晚上呢，我真不想马上进城。

你使劲摇头，耸起眉毛用尖细的嗓音喊叫着说：

"不对，不对，不是沙皇日！根本不是沙皇日，我知道。"

"我告诉你，是沙皇日！"我说。

"可我知道不是沙皇日！求——你啦！"

"你再不听话，"我严厉地，没商量地说——所有的家庭教师在这种情况下都么说，"你再不听话，我干脆什么也不买。"

你沉思起来。后来你叹了一口气，说：

"有什么办法！沙皇日就沙皇日吧。那数目字呢？"你又耸起眉毛说，嗓音已经变得低沉，口气是明理的，"沙皇日教数目字总可以吧？"

"不行，"奶奶连忙说，"警察会来抓人……别缠着叔叔了。"

"这话说过头了，"我对奶奶说，"我只是不想马上教。等明天或者晚上吧。"

"不,现在就教!"

"现在我不想教。我说了,明天。"

"瞧——你,"你拖长了声音说,"现在说明天,明天说后天。不,现在就教!"

我的心悄悄告诉我,此时此刻我的罪过太大了——我剥夺了你的幸福、你的快乐……可是我脑子里又出现了一条英明的规则:宠孩子有害。

于是我坚决地说:

"明天。说了明天就是明天。"

"好吧,叔叔!"你大胆而高兴地威胁说,"记着你说的话!"

你连忙去穿衣服。

你刚穿好衣服,刚跟着奶奶小声诵完"我们在天上的父……"就咕嘟咕嘟喝下一杯牛奶,然后像旋风一般冲进大客厅。不一会儿从那边就传来椅子翻倒的声音和剽悍的吼叫……

这一整天都没办法让你安静下来。你吃中饭也是急急忙忙的,心不在焉的,还不停地甩你的两条腿,用两只闪闪放光的眼睛奇怪地盯着我,时不时地问我一句:

"教吗?一定教吧?"

"明天一定教。"我回答说。

"太好啦!"你喊道,"求上帝让明天快点快点到!"

然而你的快乐中夹着急切的心情,使你越来越坐立不安。

下午,当你奶奶、你妈妈和我坐下来喝午茶的时候,你又想出一种办法来宣泄自己的急切情绪。

三

你想出一种绝妙的游戏:一面跳,一面使劲跺地板,同时高声喊叫,几乎要把我们的耳朵震聋了。

"别闹了,叶尼亚。"妈妈说。

你的回答是砰的一声用双脚跺地板!

"孩子,妈妈求你别闹,你就别闹了。"奶奶说。

可是你根本就不怕奶奶。

又是双脚跺地板的砰的一声!

"别闹了。"我心烦地皱起眉头说,正想继续说下去。

"你自己别闹了!"你声音响亮地大声回答我,眼睛天不怕地不怕地闪闪发光,而且你又跳起来,更重地落到地板上,同时以更尖利的声音合着节拍喊叫。

我耸耸肩,做出再也不理睬你的样子。

事情就从这里开始。

我说我做出不理睬你的样子。这是实话吗?你那样胆大包天地喊叫一声过后,我不仅没有忘了你,相反,突然产生一种对你的憎恨,恨得我浑身发凉。我不得不努力使自己做出不理睐你的样子,同时继续表现得平静而理智。

然而事情并没有到此结束。

你又叫了一声。你叫的时候完全忘记了我们的存在,任由在你生命满溢的心中发生的一切发泄出来,你那充满毫无缘由的、非人间的快乐的响亮吼声能使上帝微笑。而我却发疯似的从椅子上跳起来,连我自己也感到意外地突然放开嗓门大吼一声:

"别闹了!"

这一刻是哪个魔鬼往我身上浇了一瓢怒液啊?我的意识浑浊不清了。真该看看这时候你的小脸怎样颤抖了一下,怎样瞬间被一闪而过的恐惧扭曲了!

"啊!"你又响亮地,不知所措地叫了一声。

这一声已经没有了快乐的影子,只是为了表示你并没有被吓倒,你还歪着两只鞋后跟,挺难看地跺了一下地板。

我呢,我冲到你身边,一把揪住你的胳膊,弄得你像陀螺似的在我面前转了一圈;接着我重重地、痛快地打了你一巴掌,把你推出门外,甩上了门。

这就是你要的数目字!

四

你被推出门去以后,因为疼,因为在你童年时期最快乐的时刻当中的一刻竟然有突如其来的严重的凌辱如此粗暴地打击了你的心灵，你喊出那么可怕、那么有穿透力的高男高音，世上任何一位男歌手都无法企及。接着是长时间、长时间的沉寂……然后你吸足了气，把你的高音提高到了难以想象的高度……

接下去高低音之间的暂停时间越来越短，你开始恸哭不止，哭声中加进嚎叫，嚎叫中加进求援。你的意识渐渐清醒，于是你开始以痛苦而又陶醉的心情扮演濒临死亡者的角色。

"啊，疼！啊，妈妈，我要死了！"

"死不了，"我冷冷地说，"你喊吧，喊够了就不喊了。"

可是你喊个不停。

我们的谈话自然是中断了。我已经觉得难为情，于是点燃一支烟，没有抬眼看奶奶。奶奶的嘴唇和眉毛忽然都颤抖起来，她转过脸去对着窗户，拿一把小茶匙连连敲击桌子。

"这孩子闹得太不像样！惯坏了！"妈妈皱着眉头说，竭力做出不偏袒孩子的样子，重新拿起她编织的活计。

"啊，奶奶！啊，我的好奶奶！"你还在怪喊怪叫，求助于最后一个能庇护你的人——奶奶。

奶奶快坐不住了。

她的心已经冲向育儿室，可是为了不得罪我和妈妈，她坚持着，两眼在颤抖的眉毛下面望着黑下来的街道，拿小茶匙连连敲击桌子。

这时候你也明白了，我们决定不让步，谁也不会来用亲吻解除你的疼痛和委屈，谁也不会求你原谅。再说你的眼泪也哭干了。你陶醉于哭喊，陶醉于也许是任何成人的悲哀都无法与之相比的你那孩子的悲哀，已经到了筋疲力尽的程度，可是马上停止号哭又不行，哪怕只是为了自尊心呢。

可以清楚地听到，你已经不想再喊叫，你的声音嘶哑了，眼泪哭干了。可是你还在喊叫！

我忍不下去了。真想站起来，打开育儿室的门，说一句热情的话止住你的痛苦。可是这符合明智的教育原则吗？与公正的，虽然是严厉的家庭教师的尊严相容吗？

最后你终于不做声了……

五

"我们马上就讲和了吧？"你问我。

没有，我坚持到底。至少是在你静下来半小时以后，我才到育儿室去看了一眼。而且我是怎么做的呢？我摆出一脸严肃的神气走到育儿室门口，打开门的时候装出我是有事进来的样子。这时候你已经渐渐恢复了常态。

你坐在地板上，偶尔抽泣一下——小孩子哭过好长时间以后都是这样，小脸因为抹眼泪弄得脏兮兮的，而你已经在玩你的小玩意儿——空火柴盒，把它们摆在叉开的两条小腿中间的地板上，只有你自己明白摆的是什么。

看到那些火柴盒，我的心是怎样揪起来了啊！

可是我做出你伤害了我、我们之间的关系完了的样子，勉强瞟了你一眼。我认真仔细地检查了窗台、桌子……我的烟盒呢？……我刚要走出去，你忽然抬起头来，用一双充满轻蔑神气的恶狠狠的眼睛望着我，声音嘶哑地说：

"以后我再也不爱你了。"

你想了想，还要说句什么气话，可是没想出来，只说了当时脑海里冒出来的一句话：

"我再也不买东西给你了。"

"请便！"我耸耸肩，满不在乎地说，"请便！这么坏的孩子给我什么我都不要。"

"连我给你的日本小钱我也要拿回来！"你那细细的嗓子颤抖着喊道，这是你尽最后的努力来刺痛我。

"这可就不好了！"我说，"给了的东西又往回要！不过这是你的事情。"

后来妈妈和奶奶也来了。她们和我一样，起初也装出不是有意来看你而是有事的样子……然后摇着头，竭力旁敲侧击地说，小孩子如果从小不听话、无理取闹，那可不好，长大了没人喜欢。最后她们劝你来找我,向我道歉。

"要不叔叔一生气,回莫斯科去了,再也不到我们家来了。"奶奶难过地说。

"不来就不来!"你说。可是声音小得几乎听不见,而且你的头渐渐低了下去。

"那我要死了。"奶奶更加悲哀地说,完全没有考虑到她使用这种办法来打消你的自尊心未免太残酷。

"你死吧。"你阴郁地低声说。

"好哇!"我说,感觉到自己的火气又上来了。"好哇!"我又说了一遍,一面吸烟一面望望窗外黑乎乎的空无一人的街道。

一个上了年纪的瘦瘦的女仆到餐室里来,她是个寡妇,所以不爱说话,神情忧郁。等她点上餐室里的灯以后,我又说:

"瞧这孩子!"

"别理他,"妈妈说,她在查看不透明的灯罩下的灯是否冒黑烟,"犯不着跟这种爱发脾气的孩子说话!"

我们就装出一副完全把你忘了的样子。

六

育儿室还没有点灯,窗玻璃显得很蓝很蓝。窗外是冬天的黄昏,因此屋里的气氛阴郁而令人伤感。你坐在地板上摆火柴盒。这些火柴盒使我很难过。我站起来,决定到城里去走走。

可是这时候忽然听见奶奶低声说:

"真不害臊,真不害臊!"她的话里有责备的意思,"叔叔爱你,给你带玩具、礼物……"

我高声打断了她的话,说:

"奶奶,别这么说。这话说过头了。跟礼物没关系。"

可是奶奶知道她在干什么,她说:

"怎么没关系?可贵的不是礼物本身,而是纪念意义。"

她沉默了片刻就说出了一句最击中你要害的话:

"这下子谁给你买文具盒、买纸、买画画书?文具盒倒还没什么。数目字呢?那可是花多少钱也买不来的。"接着她又说,"好,你看着办吧。一个人在黑屋子里坐着吧。"

奶奶离开了育儿室。

当然,你的自尊心受到了伤害!你打了败仗。

梦想越是无法实现越诱人,越诱人越无法实现。这我是知道的。

从我很小的时候开始,梦想就支配着我。不过我也知道,我的梦想对于我越是珍贵,就越少实现它的希望。我早就在跟它斗。我耍滑头:装出一副无所谓的样子。可是你有什么办法呢?

幸福啊,幸福!

早晨你睁开对幸福充满渴望的双眼。你怀着一颗幼儿的信赖、开放的心奔向生活:快,快!

可是生活回答说:

"别着急。"

"求你啦!"你热烈地呼喊道。

"闭嘴,不然你什么也得不到!"

"老等!"你生气地大声说。

你一时沉默了。

但是你的心在造反。由于你心中充溢着快乐的渴望,你发狂,把椅子翻倒,跺脚,大喊大叫……这时候生活用一把欺负你的钝刀子给你心坎上重重的一击。你疼得拼命喊叫,求救。

可是生活脸上的肌肉仍然纹丝不动……叫你:屈服,屈服!

于是你屈服了。

七

记得吗?你胆怯地从育儿室走出来,对我说:

"叔叔!"你为争取幸福已经斗争得筋疲力尽,但是仍在渴望。你说,"叔叔,原谅我。那幸福你给我一滴也好,想死我了。"

可是生活爱欺负人。

生活故意摆出一张苦脸。

"数目字!我明白,这是幸福……可是你不爱叔叔,伤叔叔的心……"

"不，不对，我爱，特别爱！"你热烈地大声说。

生活终于发善心了。

"好吧！把椅子挪到桌子跟前来，拿铅笔，拿纸……"

你的两眼闪射出怎样的欢喜的光辉啊！

你忙得多欢啊！你生怕惹我生气，一举一动格外顺从、周到、谨慎！你又是多么热切地听我说的每一个字啊！

你激动得直喘气，时不时地拿铅笔头蘸点口水，上半身趴在桌子上，小脑袋歪过来歪过去，努力写下那些神秘的、包含着某种神圣意义的笔画！

我也开始分享你的快乐了，满怀柔情地闻着你的头发的气味——幼儿的头发特别好闻，简直像小鸟一样。

"1……2……5……"你一面艰难地在纸上写着一面说。

"不，不对。是1、2、3、4。"

"等等，等等，"你连忙说，"我从头来：1、2……"

接着你羞涩地望着我。

"3呀……"

"对，对，3！"你高兴地接口说，"我知道。"

然后你写出一个"3"字，像大写的俄文字母"E"。

(1906)

早年纪事

一

在我如烟的往事中,有一天,遥远的一天,从我的记忆中浮出的频率特别高。

眼前出现俄罗斯中部一个田庄上用原木砌成的大宅里的一个大房间。

这房间的一扇窗户向阳,其他两扇朝西——开向一个樱桃园。

两扇窗户之间,靠墙摆着古色古香的红木梳妆台,梳妆台旁边的地板上坐着一个三四岁的小男孩。

他一个人在这个房间里,觉得特别幸福。

外面很干燥,时逢草原地区天气晴朗的八月末,阳光斜斜地射进朝南的窗户里来,几乎照到那小男孩坐着的地方。

他打开梳妆台下面那个矮柜的一扇小门,闻闻里面的一股酸酸的古老香水味儿,把一叠印有国徽的蓝色纸仔仔细细放在磨亮的搁板上。

不消说，这些纸上写满一行行他看不懂的粗大的花体字，而且不许他撕破弄脏，但是拥有它们，数量不少，还可以把它们放在这个从今以后就属于他的地方，已经让他很高兴了。

大人就是这么说的：

"从今天起，这个小柜子就是你的了。"

为了放点东西在里面，大人就给了他一大叠蓝色纸，上面印着好看的双头鹰。他还能收集到许多别的，类似摆在梳妆台上的小盒子和小瓶子那样的东西，也全都要藏在这里。

尽人皆知，世上的事情都有到头的时候。他这样放、那样放那些蓝色纸，已经折腾了好几次，按照什么顺序放都经过他认真考虑，剩下的事情只有关上柜门，怀着获得了所有权的愉快心情看看那柜子，然后去干别的事情。

什么事情呢？

他站在梳妆台旁边环顾四周。

可惜由光溜溜的原木砌成四壁的这个普通乡下房间里几乎什么也没有，只有几把椅子，一张大床，斜斜地照着没有油漆过的地板的八月的阳光。

走到窗户跟前去感受阳光的温暖，把小脸贴在窗玻璃上压扁鼻子，都挺好……蜘蛛网也很有魅力——它是一张轻轻飘飘的八角形网，结在窗户上面的一角……可是，一来他够不着，即使拉一把椅子过来站到上面去也够不着；二来从那个角的缝隙里有可能跑出一只有细细的长腿的灰色大蜘蛛。

孩子抬起眼睛，想到这张网的神秘的主人，连它的名字孩子还说不顺口（像农民说的一样），一有苍蝇落到网上它就那么生气地从缝隙里跳出来，这使孩子感到美滋滋的恐惧。

观察那苍蝇怎么死真美！

那苍蝇在空屋子的寂静中要可怜地哀鸣好久好久，像是求救……但是没有救援来，时间就在它单调地哭泣中过去，完全不知道接下去会发生什么事情……突然，一只可怕的深灰色蜘蛛从缝隙里跳出来，迅速跑到网上……用两只前爪抓住苍蝇，一动不动地待在那里，等苍蝇没劲了、不出声了，就把它拖到自己的窝里去……

蜘蛛的窝像什么？蜘蛛在它的窝里又干些什么呢？

这时候孩子的目光偶然落到一面镜子上。

二

我清楚地记得，镜子怎样使我大吃一惊。

从镜子那里开始了我对自己的幼儿时代的模糊而不连贯的记忆。我仿佛身在梦中。下面就是我早年的第一个梦。

最早是一片空白，是不存在。

无论我的心灵还是我的理智，至今不甘接受这片空白。可是我不得不向必然屈服，就以这八月的一天，以这些印有双头鹰国徽的蓝色纸和它们给予我的无法表述的静静的快乐，还有那面镜子，为我的存在的起始吧。

在梳妆台的小圆柱之间有一个重而奇巧的木框，上面挂着一个明亮、美丽而又难以理解的东西。以前我也看见过它，看见过它反映的影像，可是直到这一天我的知觉忽然被第一道意识的强光照亮，我成了一个同时具有感受和认识两重功能的人，它才使我惊异。我周围的一切也突然随之改变——有了生气，有了属于它自己的、我还完全不明白的面孔。

我抬头望了望那个微微倾斜着挂在梳妆台的小圆柱之间的明亮的东西，在里面看见了另外一个房间，和我所在的这个房间完全一样，只是更加诱人、更加美丽；我还看见了我自己，有生以来第一次感到惊异和迷醉。

我兴奋地回头一看……毫无疑问，镜子里有的一切我周围也都有——墙、椅子、地板、阳光、站在屋子中央的一个小孩……我们是两个人，惊讶地相互对视！我们当中的一个忽然闭上眼睛，一切就都消失了，只剩下一些光斑在黑暗中晃动……再睁开眼睛呢，又看见了刚才看见的一切……不过镜子里的房间向我身上倒下来不是很奇怪吗？

我胆怯地走到镜子跟前，伸手够到镜框的底边，推了一下。

镜子闪了闪，碰到了墙，反映在镜子里的倾斜的地板变得更加倾斜。现在整个房间都向着我倒下来,站在我对面的那个小孩,还有床、椅子……都倒下来。迷醉、惊喜的我久久地看着突然展现在我眼前的美妙新奇的东西。后来我把镜框拉向自己,镜子闪了闪,向后倒去,于是一切都消失了……正好在这个时候有人砰的一声关门,我颤抖了一下,吓得放声大哭。

三

后来呢?

我曾经多次试图再回忆起哪怕一点点往事,但是从未成功。

我回忆往事的时候,很快就会转为虚构,转为创作,就连我对这一天的回忆,真实的成分也不比创作多。

只有一点我记得确实:镜子使我大吃一惊正是在这一天。我一定要探出它的奥秘。

如何探出呢?

啊,我想了许多鬼点子和花招!

这些手段都没有奏效。结果我当然就把镜子置诸脑后了。现在我又一个人面对它,再一次体验到它控制着我。

拐角上那个房间没有人的时候,我喜欢去。我走进去,关上门,立刻步入一种特殊的,有魔力的生活。

静极了、静极了,听得见在蜘蛛网上奄奄一息的苍蝇的微弱而悲哀的每一声抽泣!

我屏住呼吸,这房间似乎也同我一起在等待着什么。

如今我面前这个站在由镜子反映出的房间里的男孩,比几年前那个晴朗的八月天站在那里的男孩个子高些了,更果断、更大胆了,然而镜子反映出的房间依旧那样有魅力,那样吸引人……比我实际所在的房间诱人百倍!我一再以到镜子里那个房间去待一会儿、住一住的无法实现的梦想来逗自己玩儿,心里美滋滋的!

不过不往镜子里看的时候,那个房间是否还存在呢?

为了了解这一点,必须先骗一个人。

于是我摆出一副满不在乎的神情离开镜子,假装无所用心地望着窗外,突然猛一回头……

一切依旧!

要不我坐到镜子对面那张圈手椅里去?闭上眼睛假装睡着了……然后一下子睁开眼睛……

唉,我的诡计又落空了!

还有一招:只把眼睛睁开一条缝,别让人以为我睁着……

这可太难办了!

眼睫毛直抖动,眼睛也疼,结果总是:要么什么也看不见,要么什么都看得见,虽然不清楚!

我想尽办法,多次努力,把镜子两边的挺重的小圆柱挪开一些，向小圆柱与墙壁之间左看右看。秘密本该从那里揭开，可是那里除了一面是原木墙、另一面是镜子后面钉着的粗糙的木板以外，什么也没有！

"那么是这些木板后面藏着什么吧？"

听说这些木板后面只有涂了一层水银的玻璃。可是什么叫水银？水银也是一种奇妙的东西。有人搁一点水银在正烤着的面包里，面包在烤炉中会忽然跳起来！主要的是，为什么纳佳妹妹刚死就连忙把这个涂了一层水银、叫作镜子的东西用黑纱蒙起来？

在那个可怕的夜晚，家里发生了无法表述的事情，起初整个大宅充满神秘的忙乱声、惊叫声，后来是母亲呼天抢地的哭喊，于是镜子蒙上了黑纱。

我睡在拐角上那间屋里一张宽大的床上，夜的寂静被这些声音划破，我在极度的恐惧中一跃而起，跪在床上。接着满脸泪痕的保姆就匆匆走进来，用一块黑纱蒙住镜子。

仿佛一阵风突然袭来，吹得树叶瑟瑟作响，一个念头贯穿了我的全身，我意识到：家里有了死！那可怕的东西，它的名字是奥秘！

四

这个夜晚之前的那些日子是难熬的，愁惨的。

那是二月，屋里光线不足。

妹妹早就病倒了，这样的日子，这不充足的光线，自从妹妹病倒以来浸透了一些药物的微甜气味的育儿室里的寂静，似乎没有尽头。他们把门都关上，还挂上了深色窗帘。

在这荒僻之地的一处田庄上，当时住着无人过问的我们一家：母亲、纳佳妹妹、好发号施令的大个子保姆达里娅、我，还有我的家庭教师——如果可以把这个活像但丁的怪人称为家庭教师的话，他身世不明，多年辗转于一些小地主的家庭，教他们的孩子读书，在哪儿也待不长。

我慢慢地、艰难地读着，而他，这位但丁，穿一件过于短小的挺旧的常礼服、一条露出质地粗糙的棕黄色长筒皮靴的短一截的长裤，在房间里踱步，不停地思考，并且自言自语地把他的想法喃喃地说出来，偶尔还幸灾乐祸地得意地哈哈笑几声。

可是死神已经隐隐地在我们中间缓缓飞行，打破大宅里这愁惨的寂静的只有我老师的脚步声和我的单调的读书声。我读的恰好是描写死的一首颂歌，讲一位诺曼底老男爵如何在一个圣诞节的风雨交加的黑夜死于远方的城堡中。当死神终于威风凛凛地出现的时候，连院子里的狗儿们听见屋里的哭声都嚎叫起来，与死的奥秘有某种关联的东西立刻被覆之以黑纱！

五

我怀着令人困乏的苦闷睡着了。

窗外是漆黑的夜,屋里有搁在床边地板上的一支蜡烛散射出微弱的光。

平日是母亲陪我睡,妹妹病倒以后来陪我过夜的就是保姆。这天夜里连保姆也不来了。她只偶尔进来从梳妆台的抽屉里拿东西,悄声对我说一句:"睡吧睡吧,我就来。"然后又出去了。

我试图入睡。

我刚刚开始有点迷糊,苦闷、对即将发生什么事情的预感又使我清醒过来。我一打盹儿,又会怀着怦怦直跳的心和极想呼救的愿望纵身起来。

然而我连喊都不敢喊——大宅里静极了,倾斜着挂在梳妆台的小圆柱之间、反映着倾斜的地板和床边地板上那支蜡烛的长长的颤抖着的火苗的镜子这样怪诞地闪着光。

后来……

一阵忙乱声起,我听见恐惧的、急促的人语,门扇的碰撞,接着是压抑的吓人的哭喊……这刺激到我心的深处,我纵身起来呆呆地跪在床上,正要报以更加吓人的哭喊,这时候房门开了,保姆拿着一块黑纱跑进来,她的体重使得地板颤动不已……

后来他们不知为什么给被惊吓得发抖的我穿上衣服,我的老师把我领到只有一盏蓝色的长明灯以微弱的光线照着的那个房间去，那里的一张铺着床单的牌桌上躺着一个穿粉红色衣裙的玩偶……

我记得我们在这间屋的门口停下来，画十字，然后向着供有长明灯、也是那个玩偶所在的一角鞠躬……

我甚至记得，我老师慢慢画十字和鞠躬的时候表现出的虔诚在我看来不自然……

我觉得他喝醉了，他常常喝醉……我因此更加害怕。

我的老师像任何一个喝醉酒的人一样，竭力表现他一点醉意也没有，相反，是清醒、认真、不慌不忙地做着在这种情况下应该做的事情。他把我领到桌前，抓住我的两个肩膀把我举起来，于是我看见一张苍白的、没有生命的小脸，以及没闭紧的黑睫毛下面那一双有晦暗反光的黏黏糊糊的死人眼睛——在那苍白色映衬下黑睫毛显得特别突出……这其中包含着一种畸形的东西！

后来我昏昏睡去做的梦也畸形得可怕。

直到现在，我一闭上眼睛还能感觉到那满屋子的人像热昏了头似的乱作一团，开始匆匆忙忙地搬东西，把桌子、椅子、床、镜子从这个房间搬到那个房间。

妹妹瞬间活了过来，虽然保持着她躺在桌子上的那副谜一样的不言不语的神情，也连忙参与到这忙乱之中，在急匆匆地搬动覆盖着黑纱的椅子和镜子的庄稼汉们的腿下从这个房间跑到那个房间。

她怎么能活过来,同时又仍然是个死人?

她怎么能跑来跑去而不跌倒,既然她的脸,同她那双在没闭紧的睫毛留出的缝隙间闪着一线晦暗的光的眼睛一样,看不见东西,没有生命?

早晨终于来临。

六

啊,上帝创造了光,他做得太好啦!

在我一生中,多少次从噩梦中醒来睁开眼睛的时候我说过这句话啊!这光是怎样抚慰、怎样平抑了我们的心灵和我们周围的一切啊!

我醒来的时候,降临到世上的是白色的、平静的、普普通通的一天。

可是我醒来以后立刻看了镜子一眼……啊,它显得多么悲哀呀!

不仅只是镜子悲哀,家里的一切都是悲哀的,包括满脸泪痕、眼睛里还闪着泪光的瘦下去的母亲,神情严肃的老师,不声不响、远不像从前那样好发号施令的老保姆,人人压低嗓门说的话语，还有像个玩偶的妹妹——小脸蜡黄，太阳穴青紫，鬈发没有生命，半闭着的睫毛，其间露出的一线玻璃似的眼睛比昨天还要晦暗……

后来，在一个刮着搅雪风的酷寒的晴天，神父们乘坐三辆雪橇到来，把寒冷、冰雪和神香的气味带进屋里。他们一面以悲戚的声调念唱，一面围着躺在桌子上的玩偶似的妹妹转圈，向她鞠躬，把香烟摇到她身上……

一向胆大包天，甚至放肆无礼的费奥多尔神父的大号高音嗓子，这天唱得格外温婉，哀戚到了卖弄的程度！

他像跳卡德里尔舞一样轻巧准确地时而走近那张桌子，时而向后退去，同时用他的灵活的手，甚至不是用手，而只是用手掌高高扬起点着火的香炉，使躺在桌子上一动不动的玩偶似的妹妹沉入教堂香烟的青色雾团之中！

这天，当嘹亮的男高音悲戚地颂唱着非语言能描述的天堂的美来安慰母亲的时候，我深深地感受到了母亲的恸哭是何等甘美。后来人们永远地给还有香味的松木板仓促钉成的小棺材盖上了棺盖，并且在歌声中把棺材抬到雪橇上去，守在雪橇周围的庄稼汉在那个晴朗的风雪天都摘下帽子，任寒风吹乱他们的头发，那一刻我的心是怎样痛苦得紧缩起来了啊！

七

自那之后,我们家的原木厢房里很长时间都寂然无声,气氛愁惨。

春天的太阳使育儿室(如今成了我们的教室)整天充满快乐的阳光,可是我的快乐全都失色了!

我的活泼可爱的小妹妹究竟出了什么事?她曾经那么响亮地呼叫自己的名字,如今怎么躺在乡村墓地的一座坟墓中呢?

她是从哪里来的?为什么长着长着,跳着跳着,高高兴兴的,直到那个命中注定的夜晚,似乎有个恶魔向她吹了一口冒火焰的气?

那天晚上她的小脸很烫,小眼睛发亮,显得格外活跃,可是突然就把头垂到母亲的肩上。

"妈妈,睡!"

她立刻被抱进育儿室,这是我最后一次看见她,她再也没有活着从育儿室走出来。

日子一天一天过去,总不见她出现——永远不会再出现了……

连她的摇篮也给搬到阁楼上去了……

冬天安上的第二层窗框拿下来了,我们的教室充满香气扑鼻的新鲜空气和明亮的阳光送来的温暖……可是她不在了——

永远不会再出现!

听说她在墓地,在异象教堂墓地。那是完整的她吗?她昔日的活泼、美好不在那里,而在某个很远的地方……在天堂,在天上。

静静的四月黄昏,我和保姆坐在朝向荫浓而空气清新的园子的一扇敞开的窗户旁边。我久久地望着逐渐暗淡的红得柔和的落霞,那边聚集起一些形状像棺椁的蓝色乌云。等到那些乌云之上的淡绿色天空里闪出第一颗银粒似的星星的时候,保姆就对我说:

"瞧,我们小姐的灵魂。"

在这句话里……不,这话太简单了!简单得像说镜子是涂了一层水银的玻璃一样,什么也没有说明。

八

我确信这一点之后,就感到极为困惑!

我不止一次把镜子从墙边挪开,不止一次确信,背后除了原木、蜘蛛网、粗糙的木板以外什么东西也没有!

但是还必须看看木板后面!

有一天,家里的人都睡了,我怀着一颗害怕被抓住的忐忑的心,把镜子从墙边挪开,然后用菜刀撬开镜子背面的一块木板……

我没有受骗!

木板后面除了一块涂了一层红棕色颜料的玻璃以外什么东西也没有。

也许在这颜料和玻璃之间有什么东西吧?

不,那儿也什么都没有——我用刀尖轻轻刮了刮镜子的一角就看见了……玻璃!

在这之后,神秘的水银是不是变得更加神秘了呢?

毫无疑问。我刚刚做的事情难道不奇妙?我用刀子刮掉一点红棕色颜料之后就发现,奇妙的玻璃变成了最普通的玻璃,紧贴在我刮开的那个地方,可以透过玻璃看见房间……

挂在梳妆台的小圆柱之间的沉重木框里的一块明亮的玻璃唤醒了我的意识,使我的意识闪出第一道光,此前我在哪里?在我那迷雾般的寂静无声的婴儿时期之前,我又在哪里呢?我回答自己说:

"哪里也不在。"

这么说,此前我不存在?

"是的,我不存在。"

这时候我心里又出现一个念头:

"不对。我不相信,就像我不相信,永远也不会相信死亡、灭绝一样。不如说,我不知道。不知道也是奥秘。"

我的记忆力太差，关于我的婴儿时期我几乎什么也不记得；不仅如此，连我的童年、少年时期我也不记得。而我当时是存在的啊！我不仅存在，我还有思想，有感觉，比后来任何时期都更充分，更强烈。这些都到哪里去了呢？

这也是奥秘。这奥秘的无处不在的威力往往是凶恶的，敌视我们的。

在我的婴儿时期它折磨得我好苦！

房间里点三支蜡烛——有人死了。

夜里狗叫——死神到。

乌鸦拍着翅膀发出啸音贴着房顶飞过——死神到。

无意中打破镜子——死神到。

镜子蒙上黑纱——死亡的象征！

夜里阁楼上、野地里、墓地上有什么事情发生啊！灾难来临以前夜间镜子反映的是什么啊！

"小姐死前两天，夜里，我进去看了梳妆台一眼，镜子里有个人站着，白白的，像白垩一样白，高极了高极了！"

"是照着你的衣服吧。"

"上帝知道是什么！我还记不得我穿的是什么衣服？我穿的可是一条棉绒布裙子，一件深颜色的上衣！"

有时候我想：也许你是对的吧，我的老保姆？

至今可以看见镜子上有许多年前我用刀刮的痕迹，那一刻我力图朝那个伴随着我从早年到未来的坟墓的未知的、不可理解的世界看上一眼。

我曾经看见镜子里的自己是个小孩子,现在我已经无法想象这个孩子的样子——他永远消失了,一去不复返。

我曾经看见镜子里的自己是个少年,现在我却不记得他了。

我曾经看见自己是个青年人,可是根据相片我才知道镜子曾经反映过的我是什么样子。

这张轮廓清晰、神态活泼而略显高傲的脸难道就是我的?这张脸是我早已过世的弟弟的。我像哥哥似的看着他,脸上露出宽容地对待他的年轻幼稚的温和的微笑。而镜子里反映的却已经是一张悲哀而又,唉,平静的脸了!

总有一天这张脸也要永远从世上消失。

我所做的探索生命之谜的努力也只会剩下一道痕迹,就像涂了水银的镜子背面的那一道刮痕。

(1906)

耶利哥的玫瑰

古代东方人往往在棺内、墓中放一朵耶利哥①的玫瑰，表示相信生命是永恒的，死者能够复活。

奇怪的是，他们把一团带刺的枯草称作玫瑰，而且还是耶利哥的玫瑰。这种干硬的沙漠小灌木就像我们所谓的风滚球，只有在死海以下的砂石中、荒无人迹的西乃山②麓才能看到。据传说，这名称是那位把可怕的火谷，即犹大地③的旷野中一个寸草不生的死亡之谷，选为自己的居所的圣徒萨瓦亲自定的。他把这种野生刺草奉为复活的象征，并且用他所知道的世上最悦耳的比喻来形容。

因为这种刺草的确神奇。一个朝圣者采了它，带到离它的

---

① 《圣经》译名，今译杰里科，在巴勒斯坦境内。
② 《圣经》译名，今译西奈山，当年先知摩西率领以色列人逃出埃及到此，耶和华在山顶为以色列人定下"十诫"，写在两块石板上，由摩西传达。
③ 《圣经》译名。约在公元前九三五年以色列—犹太王国分裂，北部为以色列王国，南部为犹太王国。《圣经》称巴勒斯坦南部为"犹大地"。古汉语"大"与"太"通。

故土几千里以外的地方去；一年年下来它枯干了，发灰了，没有生气了，可是一放进水中，立刻舒展开来，绽出细小的叶片和粉红色的花朵。可怜的人心便感到了快乐和安慰：世上没有死，存在过经历过的东西不会灭亡！只要我的心灵，我的爱，我的记忆活着，就不会有离别和失落。

我也是这样来安慰自己，在自己心中重现我曾经涉足的那些光辉的古国，重现我生命中那些如日中天的美好日子——当时我身强力壮，前程似锦，携带着注定要伴我终生的女子第一次远游，既是新婚旅行，也是朝拜我们的主耶稣基督的圣地。眼前是处在长年寂静和忘怀的伟大安详中的圣乡——加利利地，犹大地众山，五城的盐与硫黄火①。那是春天，路上处处欢快祥和地开着拉结②在世的时候开过的同样的银莲花和罂粟花，大地装点着同样的野百合花，天上也同样是《福音书》里的比喻教我们去仿效的那些无忧无虑的飞鸟③在歌唱……

耶利哥的玫瑰。我把我的往昔的根和茎浸入心的活水中，浸入苦恋与柔情的清纯甘露中，于是我珍藏的小草重又令人惊

---

① 这五座城变成邪恶之地，耶和华毁了它们。见《圣经·旧约·创世记》第十九章。
② 据《圣经》传说，拉结是始祖亚伯拉罕的孙子雅各之妻，非常美丽。
③ 见《圣经·新约·马太福音》第六章第二十六节："你们看那天上的飞鸟，也不种，也不收，也不积蓄在仓里，你们的天父尚且养活他，你们不比飞鸟贵重得多么。"

异地吐出嫩芽。推迟了，那不可回避的时刻——这露会干，这心会衰，我的耶利哥的玫瑰也将永远被忘尘掩埋。

（写作日期不详）

割 草 人

我们在大路上走着,他们在大路附近一座新生的白桦树林里割草,而且唱着歌。

这是很久以前,无限久远以前的事,因为我们大家那个时候过的生活永远不再复返。

他们一面割草一面唱歌,整个还没有失去浓荫和清新,还开满野花、充满花香的桦树林响亮地应和着。

我们四周是自古以来就存在的中部俄罗斯的田亩与荒地。那是六月的一个下午。我们走的这条大路是一条旧道,长满茂密的嫩草,其间依稀可见交错的萎缩了的车辙——我们父辈、祖辈昔日生活的遗迹,一直伸向望不到头的俄罗斯远方。太阳已经偏西,渐渐走进一团团美丽的轻云中,淡化了远处层层田亩后面的青色,向已经变成金色的西边天投去几根大光柱,就像一些教堂里的画上画的那样。前面有一群绵羊,呈灰色,老牧人和他的助手坐在地界上,正卷起他的鞭子……在这个被上帝遗忘了,或者说蒙上帝赐福的地方,仿佛没有了,也从来没有过时间，没有过时间的分割为世纪和年份。割草人在这个地方的田野的永恒寂静、朴素、原始，同时带有壮士歌的自由和乐天精神的氛围中走着、唱着。白桦树林应和着，像他们唱的一样自由豪放。

他们是"远道来的"，来自梁赞。他们组成一个不大的劳动组合，到我们奥廖尔地区来帮我们割草，农忙时节还要往下走，到比我们这里的土地更加肥沃的草原地区去打工。他们无牵无挂，友好相处，就像一般出远门的人，在卸掉一切家务和营生的包袱休息下来的时候，"特爱干活儿"，不知不觉地享受着干活儿的美和得心应手的滋味。在风俗习惯、说话用词方面，他们好像比我们这个地方的人更古老、更优异，在穿着上更整洁、更漂亮——他们的脚下是软皮靴，脚上裹着编织得很好的白色包脚布，身上那有红色、大红色衣领和腋下衬布的衬衫和裤子干干净净。

一个星期前他们在我们附近的树林里割草，我骑马经过那里，看见他们吃罢中饭以后是怎么去干活的。他们喝用带盖的木罐装的泉水——喝那么长时间、那么美滋滋的，只有野兽和身强力壮的能干的俄国雇农才这样喝水，然后在胸前画个十字，扛起给他们收拾得像剃刀一样明晃晃的大草镰，精神抖擞地向着干活的地点跑，一面跑一面排好队形，大草镰同时砍下去，手臂挥动的幅度大而轻松，他们就这样无拘无束而又秩序井然地向前走去。我回来的时候看见他们在吃晚饭。他们坐在凉下来的林间空地上一堆已经熄灭的篝火旁边,正用木勺从铁锅里舀一种粉红色的食物。

我说了一声:

"好胃口,大家好!"

他们和气地回答说:

"祝您健康,请!"

这林间空地向谷地倾斜,看得见绿树后面还明亮的西边天。我仔细看了看,忽然惊骇地发现,他们吃的是有麻醉作用的可怕的蛤蟆菌。可是他们却哈哈大笑,说:

"没事,挺甜的,简直跟鸡肉一样!"

现在他们唱的是:"别了,亲爱的朋友!"同时在白桦树林里向前走,一路不假思索地砍掉茂密的草和花;他们只顾唱着,根本没有注意到这一点。我们站在一边听他们唱,觉得永远也忘不了这个黄昏时分,永远也不会懂得,主要是无法完全表述,是什么使得他们的歌这样美。

美的是他们的歌引来的回声,是白桦树林的音响。美的不是歌本身,而是歌与我们和他们这些梁赞来的割草人当时看见的、感觉到的一切联系在一起。美的是我们没有意识到的我们和他们之间——他们、我们、我们周围的庄稼地、他们和我们从小呼吸的这田野间的空气、这黄昏时分、这些在西边天上已被晚霞映红的云彩、这长满齐腰深的蜜香草和数不清的野花野果（他们不时摘来吃）的爽人的新生树林、这条大路、这大路的宽广而令人神往的远方之间的血亲关系。美的是我们都是我们的乡土的儿女，我们在一起，感觉这么好，这么安心，这么朦胧不觉地爱着，这些感情实际存在着，因此无需去明白。美的是（我们当时完全意识不到）——这片乡土，这个我们共同的家园，是俄罗斯；只有俄罗斯的心灵能够像割草人那样在这片应和着他们的每一声叹息的白桦林中歌唱。

美的仿佛不是歌唱，而正是叹息，是年轻、健壮、善于歌唱的胸膛的起伏。是胸膛在唱，从前只有俄罗斯人这样唱，无比轻松自然地直接唱出，使你感觉到人是那么鲜健，对自己的力量和才能浑然不觉，一身是歌，只需轻轻叹息就能使整座树林充满对他们的慈祥、温柔，有时是果敢、雄壮的歌声的回应。割草人渐渐向前移动，毫不费力地挥动着大草镰，在自己面前亮出一大片、一大片半圆形的空地，把树墩和灌木丛周围的草割净，毫不费力地换气，各人以自己的方式，合在一起表达着同一的内容，本能地构建成某种十分完整一致的，异常美好的东西。他们用自己的叹息和一句半句歌词——会同远方树林深处的回音——述说的情感，有着完全特殊的，纯粹俄罗斯的美。

当然，他们也"别了"他们"生长的地方"，"别了"他们的幸福、希望，以及与这幸福联系在一起的爱人：

别了，亲爱的朋友，

别了，我生长的地方！——

他们各人按自己的方式，以不同程度的惆怅和爱，却又以同样洒脱、同样不抱希望的责难口吻述说着，叹息着。

别了，我那不忠实的爱人，

我的心哪会为你比泥更黑！——

他们以不同的方式怨诉着、思念着，把着重点放在不同的歌词上面，可是突然间，他们又汇合到一种完全一致的情感之中，几乎像是死前的极乐，年轻人面对命运的大胆无畏，原谅一切的不寻常的宽容。他们似乎甩一甩头，向着整座树林高呼：

你既然不再爱了，上帝保佑你吧，

你能找到更好的，就请把我遗忘！——

于是整座树林回应他们整齐而又无拘无束的响亮的胸音，渐弱之后重又嘹亮起来：

> 你能找到更好的，就请把我遗忘，
> 你若找到更坏的，那就后悔去吧！

这歌还有什么迷人的地方呢？是一种看似绝望却摆脱不了的快乐吗？是有取之不尽的力量的人毕竟不相信，也不可能相信这个绝望的前景啊。这个人一面为自己流下甜蜜的泪水，一面说："唉，我这条好汉已走投无路！"而真正走投无路的人是不会流下甜蜜的泪水，也不会歌唱自己的悲哀的。"别了，我生长的地方！"说这话的人知道，实际上他不可能真正离开他生长的地方，无论命运将他抛到何处，他头上仍旧是至亲的天空，周围仍旧是广阔无垠的至亲的罗斯，对于他这个被宠坏了的人来说，招致罗斯灭亡的只是它的自由、广阔和神奇的富庶。"火红的太阳已落到密林后面，哎，鸟儿都安静下来，各自回巢！"这个人叹息他的幸福落下去了，黑夜及其荒凉包围了他，可是他仍旧感觉到：这荒凉于他是至亲的，活生生的，没有被人触动过，充满着神奇的力量，到处他都能栖身，能宿夜，有人保护，有人善意地关怀，有人悄声对他说："别难过，早晨比晚上清醒，再说吧，我看没有什么是不可能的。安心睡吧，孩子！"他相信，森林里的鸟儿和野兽，聪明美丽的公主，甚至可怜他年轻的亚加妖婆都会救他脱离一切险境。他有飞毯、隐身帽、牛奶河、宝石山，面临死亡有活命泉水，他还知道一些祷词和咒语,脚跺一跺大地母亲,就像鹰一样飞离牢笼,茂密的森林、黑色的沼泽、飞沙走石就保护他不受凶恶的邻人和仇敌的攻击,慈悲的上帝就赦免他所有的胆大妄为……

我说这歌中还有一样东西,我们和这些梁赞农民内心深处都很明白,就是在那些如今看来已经无限久远、一去不复返的时日,我们是无限幸福的。物各有其时,童话对于我们也已成为过去:我们古时候的保护神不再保护我们,跑来跑去觅食的野兽已经绝迹,会预言的鸟儿也没了踪影,能自动摆出吃食的桌布收卷起来,祷词和咒语已被玷污,大地母亲憔悴了,活命泉水枯竭了——上帝的宽恕到了尽头。

(1921)

半夜的金星

五月的一座稠密的树林，这里有一间小木屋，屋前是一片林间空地，空地中央长着一棵枝杈伸展得很远的苹果树，是野生的，开满了白花，显得繁茂。太阳已经落到树林后面去了，可是天黑还早。一切都那么新鲜年轻，绿树、野花、青草、夜莺、斑鸠、杜鹃多得不得了。傍晚的微寒夹着树林、野花、青草的好闻气味。向着林中的沟壑往下生长的密林上端是春季日落后的一片空无一物的明亮的天空，下面有一池略带粉红色的明镜似的春水，其中偶尔有青蛙陶醉得发出软绵绵的低鸣。夜莺互相追逐着低低掠过林间空地，一面飞一面鸣叫。

我的坐骑驮着鞍鞯站在苹果树下，显得更加轻松漂亮。它伸出嘴到白色的野花间去寻觅嫩草，不停地响亮地咀嚼着。我坐在木屋旁边的一个树墩上，心情愉快，因为自己年轻健康，马骑得好，马也看重这一点并且因此爱我，而我的马是良种，像女性一般温柔，无论我做什么——给它放上鞍鞯，拉紧肚带，叫它大步走或者随意走或者全速疾驰，让它站在台阶旁或者地界上或者林中一棵树下……它都一样高兴地顺从。

小屋窗边的一条长凳上，坐着一个约莫三岁的小姑娘，戴一顶睡帽。她在叭、叭、叭地拍自己的嘴巴。屋里既黑又热。

日落后明亮的空间面积缩小了，光线转暗。林间空地之上那无底的灰色高天里急速地飞来一对对丘鹬，停住片刻，再向前飞去。青蛙不叫了，整座树林寂静无声，只近处有两只小鸟在啁啾，而且像睡前那样无精打采。整个黄昏一直老老实实坐在离苹果树不远的草地上的一个驼背姑娘，越来越频繁地抬头观看渐渐转为灰色、已经显出几粒小星星的青天，神情也越来越怪异。

上头是天，右边是已经熄灭的霞光，前面，苹果树后，是从黑乎乎的树林底部透过来的几道远方的微红的光线。我也在观看，时而向上看，时而看这些透过来的光线，时而看我的马，时而看那个驼背姑娘——她没有看我，却立刻感觉到我在看她，羞涩地缩回她的两只脚，拉拉衣服。她穿得干干净净，让人看着舒服。她的脸就是颧骨稍微大了一点，挺清秀，苍白得透亮。她瘦瘦的锁骨上挂着的一串项链、少女式的亚麻布衬裙、小小的赤脚，都挺动人，可是她频繁地向天上投去的胆怯的目光却很怪异，甚至有点可怕。

她母亲走来，从村里带回一袋黄米，一串"8"字形小甜面包。

她母亲跟我打过招呼以后，就在小屋的门槛上坐下来，唉声叹气地说：

"我到村里去了，买了点东西……您来了好久了吧？阿纽特卡有没有哭？她是没指望的，不说您也知道……"——后面这句话显然是指驼背姑娘说的，可是驼背姑娘听着，好像说的不是她，而是别人。

我知道，可是那农妇还仔仔细细、不慌不忙地解释，或者不如说是把她又想一遍的心事大声说出来，尽管我已经听过多次：

"她闹得已经两次让人从水塘子里拉上来……有一天我从村里回来，看见她在齐脖子深的水里，想淹死……前几天我从杨树上把她解下来——我在林子里捡干柴，一看，她吊在树枝上，脚刚刚够得着草，脸上已经没血色了……说什么：'他老来找我，压得我喘不过气来……'夜里我醒过来就听见她在喘气，喊着：'你干什么？你干什么？放开我，我不愿意！'可听她的声音像是乐意，美滋滋的……她躺下睡觉以前一定要祈祷，念叨：'别指望，别指望，我信不过！我要把整张床都画上十字！'人越来越瘦，瘦成一把骨头，只等入殓了……我根本不叫她干活儿，那是罪过……她的胆子都不知上哪儿去了，从前简直就像一团火，娇嫩，爱生气……年轻人的事儿，没人知道，脑瓜子里什么想法没有啊！有时候她会说走嘴，眼睛一低，脸红了，嘟嘟囔囔地说：'我驼背，那又怎么样，我的脸不比别人差……谁也不要我，跟我这样的去行婚礼丢人，不要就不要吧……我找一个更好的，秘密的，半夜的……'说这种话罪过大了，可我总想，等她死了上帝就都赦免了……"

驼背姑娘一动不动地端坐在那里，没有听母亲说什么，眼睛怪异地紧盯着树林的暗处……

我回家的时候经过庄稼地。大地一片黑暗，这黑暗自下而上升起来，渐渐淹没了远方的霞光，直至最后一线。空气清新，其中有已经长上来的青青的麦苗香，地界上沾满露水的草香，以及一切田野的、夜晚的气味，我诞生、成长于其中，是它们使我感到生活如此甘美……

那农妇说："我和阿纽特卡睡铺板，她睡坐柜，在圣像底下……夜里我醒过来就看见她坐着，望着窗户外面，望着星星，望着黑夜，望着树林……她说她有一颗最爱的星，是不会变心的，是半夜的金星……"

半夜的金星。爱情星，黎明前的星。

我的马神气地走着，似乎感觉到我在想什么，凭借着微弱的霞光可以看见它的两只耳朵竖了起来……我的美丽、聪明的爱马啊！怎能用语言来表达我与你的亲密关系，我们之间的爱！没有比这种人与动物之间的永远沉默、永远忠诚不欺的爱更微妙，更神秘，更纯洁的了！

可是现在已经一片漆黑而且凶险不祥的树林和那个可怕而

又美丽的驼背姑娘呢？她母亲想必已经睡了，而她这个活死人坐在圣像下面的长板凳上望着，听着——整个世界上只有她一个人，除了人以外，一切——这夜，这树林，整个宇宙，她的全部秘密——都和她在一起，都在她心里，我们任何人都无缘像她那样，因为她已经完全处在我们这个世界之外，处在这秘密的、半夜的世界的掌握之中，她的那颗美妙而凶险的星黎明前会在树林上空放光……

于是我抱着我的沉默的爱马的强壮有力、像缎子一般光滑的脖子亲吻，以便闻到它的不雅的气味，以便感觉到尘世的肉体，因为没有这肉体我在这世上就觉得毛骨悚然。我拉紧缰绳，我的马立刻以它的整个实体回应我，轻快、热烈地驮着我沿着黑糊糊的大路朝家的方向奔驰。

（1921）

陈年旧事

很久很久以前,好像过去一千年了,有一位在世间默默无闻、从不引人注目的最卑微的伊万·伊万内奇,和我一样在阿尔巴特大街的北极饭店住宿。当时他已经上了年纪,一副气衰力竭的样子。

莫斯科年复一年生存着,干着自己的宏大的事业。伊万·伊万内奇也干着某种事业,为了某种目的活在世上。他早晨九点左右出门,下午四点过后返回。他总是悄悄地想着什么心事,然而并无忧伤的迹象,他一面想着一面在门厅里从钉子上取下自己的门钥匙,登上二楼,沿着曲轴形的走廊前行。走廊里有各种异味,很难闻,尤其是劣等旅馆用来擦地板的一种东西,散发着令人窒息而又刺鼻的气味。这里的光线也暗得凶险(客房的窗户都朝内院开,房门上端的玻璃又不大透光),在每一处转弯的地方整天点着一盏带反光镜的壁灯。对北极饭店还不习惯的人来到这走廊上都会觉得不好受,可是伊万·伊万内奇似乎一点这种不好受的感觉都没有。他毫不在意地沿着这条走廊款步走去。迎面而来的往往是与他同居于此的人：一个刚长出一把胡子、两眼炯炯有神的大学生，他精神抖擞地疾步走着，边走边穿他的制服大衣；一个摆出一副无求于人的神气的女速记员，她身材高大，虽然像个白黑人，却很有魅力；一位穿高跟鞋的小老太太，她有一头褐色美发，总是穿得漂漂亮亮，浓妆艳抹，还不停地咯痰，而且没见她人影就先听见她的小狮子狗摇着脖子上的串铃沿着走廊飞快地跑来，向前伸着下巴，凶恶而又呆傻地鼓着两只眼睛……伊万·伊万内奇彬彬有礼地向所有迎面走来的人鞠躬问好，并不希冀回报。他拐一个弯以后便转入一条更长更暗的甬道，壁灯在更远的前方闪着红光。他把钥匙插进自己的门锁里，然后就一个人在客房中待到第二天早晨。

他在自己屋里干些什么？怎样消磨时间？只有上帝知道。他回家以后的生活从外表上一点也看不出来，谁都不知道，也不需要知道，连女仆和茶房也不例外，他们只在送茶炊、收拾床铺和糟糕的洗脸池（从那里突然会喷出一股水来，不往脸上喷，也不往手上喷，而是斜着朝一边高高地喷出去）的时候才打破他的自我封闭。我要再说一遍，伊万·伊万内奇的存在绝少为人注意，其方式的单调亦属罕见。冬去春来。有轨马车在阿尔巴特大街上轰隆轰隆地来来去去，不断有人面对面走过，赶往什么地方，出租马车发出咔嚓咔嚓的声音，头顶货盘的小贩在叫卖。向晚时分,这条大街的远远一端会出现一片辉耀着金色晚霞的天空,从那古老的圆帐形钟楼里便传出悦耳的低沉的钟鸣,压倒市井间的一切嘈杂和喧嚣。可是伊万·伊万内奇对这一切似乎视而不见听而不闻。春夏秋冬任何一个季节对他、对他的生活方式都没有丝毫看得出的影响。然而某一个春日,某公爵到北极饭店来租了一间客房,成了伊万·伊万内奇的近邻,从此在伊万·伊万内奇身上便发生了人们完全料想不到也猜不透的变化。

公爵有什么地方能够打动伊万·伊万内奇呢?当然不是爵位,因为带狮子狗的小老太太也是有爵位的,和他同住这家饭店的时间最长,却没有给他任何一点异样的感觉。是什么使他着迷呢?当然不是财富,也不是外貌——公爵已经彻底败落,人也不修边幅到了极点,个头大得不成比例,眼睛下面已经形成两个肉袋,还总是气喘吁吁的。然而伊万·伊万内奇被打动了,给迷住了。主要的是,他完全脱离了他多年的常轨。他把自己的生存变成了某种无休止的骚动。他忐忑不安地、毫无意义地、丢人现眼地模仿起别人来。

公爵来到饭店,住下了,开始出出进进,约见什么人,张罗什么事;在北极饭店住宿的人自然都是如此,并无二致,伊万·伊万内奇见得多了,却从未想到要去跟他们结识。但是他对公爵不知为什么另眼相看。他第二次或者是第三次在走廊上遇见公爵的时候不知为什么竟并足向他致敬，报了自己的姓名，还客气地道了半天歉意才请公爵尽量准确地告诉他，现在几点钟了。他用这种巧妙的方法结识了公爵之后，简直是爱上了公爵，并且彻底打乱了自己平素的生活习惯，几乎是处处跟在公爵后面亦步亦趋起来。

比如说，公爵很晚才上床睡觉。他夜里两点左右回饭店（总是坐出租马车）。于是伊万·伊万内奇屋里的灯也亮到夜里两点。他不知为什么要等公爵回房，直等到走廊里传来公爵那沉重的脚步声以及他喘气的吁吁声。伊万·伊万内奇高高兴兴地等着，几乎是战战兢兢地等着，有时还把头伸到房门外去，看公爵是不是过来了，好跟他说几句话。公爵从容地迈着步子，似乎并未看见他，而且总是以极为平淡的语气问一句：

"您还没睡？"

伊万·伊万内奇心里却乐开了花，不过他倒也没有什么畏葸和低三下四的表现，只回答说：

"没有，公爵，还没有睡。早着呢，才两点十分……您出去玩了？挺开心？"

"嗯，"公爵喘着气说，钥匙对不准锁眼，"遇见一个老熟人，到酒馆里去聊了一阵……晚安……"

谈话到此结束，公爵就是这样冷淡而又客气地终止他和伊万·伊万内奇的夜间谈话。可是伊万·伊万内奇已经觉得满足了。

他踮着脚尖走回屋里,照老习惯做睡前该做的那几件事,向着屋子的一角在胸前画十字,颔首致敬,然后不声不响地钻进间壁后面一张床上的被子里立刻睡去,心里感觉十分幸福,对公爵一无所图,只不过第二天早上要对茶房说这样一句极无恶意的谎话:

"我昨天又坐到半夜……又跟公爵谈到鸡叫第三遍……"

公爵一到晚上总是把他那双穿走了样的大皮靴放在门外,并且把他的极为肥大的银灰色长裤挂出去。伊万·伊万内奇也开始把自己那双皱皱巴巴的皮靴放在门外(以前是逢十二教堂大节他才让人刷鞋),并且也把有些纽扣已经脱落的长裤挂出去(以前他从来不挂出去,即使在圣诞节前夜、复活节前夜也不挂出去)。

公爵早上醒得早,咳嗽得厉害,起来就点上一支粗大的卷烟,还打开门朝走廊大声喊叫:"茶房!要茶!"然后穿着睡衣着便鞋上厕所去,一去就是好半天。伊万·伊万内奇也跟着学,他也大声朝走廊喊叫要茶炊,并且赤脚穿上一双套鞋,在很旧的内衣外面披上一件夹大衣就跑去上厕所,而以前他都是在晚上去。

有一天,公爵说他非常爱看马戏,常常去看。伊万·伊万内奇于是也决定去看马戏,虽然他从来没有这个爱好,有四十多年不进马戏场了。一天,他终于去了,夜里欣喜万分地对公爵说，他真开心极了……

哦，春天呀，春天！这些荒唐事大约都是春天引发出来的吧。

每年的春天似乎都意味着某种旧事物的结束和某种新事物的开始。在那个遥远的莫斯科的春天，这种错觉尤其甘美，尤其强烈——就我来说，因为那时候我还年轻，也因为我的大学时代行将结束；至于许许多多别的人呢，只因为那年春天少有的美妙。每年的春天都像节日一样，而那年春天节日的气氛格外浓厚。

莫斯科刚刚经历了一个复杂的、令人疲惫的冬季。接着是四旬大斋、复活节，然后就又像是做完了一件事似的，有一种如释重负之感，静候着某种实实在在的东西降临。许多莫斯科人已经在改变或者准备改变自己的生活，仿佛是从头开始，与以往不同，要生活得更合理、更正确、更年轻。大家忙着收拾屋子，定制夏装，上街购物，而买东西（即使是买鞋油）总使人快活！一句话，许多人在准备离开莫斯科城去别墅，去高加索，去克里木，去国外休假，统称消夏。夏天总使人觉得一定是幸福而长久的。

那时候列昂季耶夫巷的米尔－梅里利兹公司卖出了多少使人赏心悦目的箱子和发出清脆响声的崭新的篮笼啊！又有多少人在巴济尔和特奥多尔理发馆理过发刮过脸啊！日复一日都是

阳光普照，使人兴奋；日复一日给人带来的都是新的气息，新扫净的街道，一个个教堂圆顶在耀眼的天幕上闪着的新光彩，新的受难林荫大街，新的彼得大街，坐着讲究的轻便马车沿铁匠桥街飞驰而过的爱俏的男女身上的新时装，乘"气胎马车"飞快地赶路的某著名演员头上的新银灰色便帽。大家都在结束以往的一段不是自己想要的生活，几乎整个莫斯科都即将开始一种新的、一定是幸福的生活，而我尤其如此。当时我的这种感觉确乎比别人更甚。我告别北极饭店，告别我作为一个大学生在那里经历过的一切的日子越来越近。从早到晚我忙这忙那，在莫斯科城里东跑西跑，处理种种使人快活的操心事。而饭店里我的那位邻居，我们同时代人当中最卑微的一个，他在干什么呢？其实也和我们大家差不多。在他身上终于发生了在我们大家身上都发生了的同样的事。

那是四五月份，有轨马车叮叮当当行驶着，人们不停地匆匆来去，轻便马车咔嚓咔嚓地响，头顶货盘的小贩凄凄地柔声叫卖（其实卖的不过是龙须菜罢了），斯卡奇科夫糖果店散发出一股温暖的甜香，布拉格饭店门口摆着一桶一桶的桂皮，体面的先生们已经在里面吃酸奶油浇新土豆了，白昼在不知不觉间到了尽头，金色的夕照辉耀在西边天上，从圆帐形钟楼里传来的低沉的钟声悦耳地回荡在幸福的、熙熙攘攘的大街上空……春天的城市一天天过着它那规模宏大的多姿多彩的生活，而我是这生活的最幸福的参与者之一，分享着它的种种气味、声音、忙乱，与人会见，处理杂务，购物，要车，跟朋友们一起去特朗布莱咖啡店，在布拉格饭店点波特文尼亚汤，就着鲜黄瓜喝一小杯冷伏特加酒……那么伊万·伊万内奇呢？他也出门，也到什么地方去了，干些自己的事，小事，极小的事，因此有了在我们当中生存下去的权利，也就是继续在北极饭店对面的小菜馆吃三十戈比一顿的饭，继续住北极饭店的客房。他不知在什么地方做什么事才挣到这份微薄的权利，跟我们总希望过一种新的生活、穿一套新的衣服、戴一顶新的帽子、做一种新的发式、在某方面向某人看齐、结识新的人、交新的朋友等等似乎全然无关。不料来了这位公爵。

他究竟什么地方使伊万·伊万内奇着迷、震动？其实重要的不是对什么着迷，而是渴望被迷住。公爵除了有上面说过的那些特点以外，是个还有些残余的大气派的人，曾经入世很深，也就是说，体面地生活过。于是可怜的伊万·伊万内奇也想开始过一种新的、有些气派、甚至有些乐事的、像春天一样的生活。嘿，迟一点上床睡觉，把长裤挂出去给人刷净，洗脸之前先上厕所，这难道不好吗？去剪剪头发，修修胡子，买一顶使人显得年轻的浅灰色帽子，拿着由一位漂亮的售货小姐亲手精致地包扎好的随便什么玩意儿回来，难道不使人年轻吗？伊万·伊万内奇正是这样逐渐地越来越深地迷上了这一切，不过他是按自己的方式做的，也就是在主客观情况允许的范围内做了别人也做的事：结识了新朋友，而且在别人后面亦步亦趋起来——老实说，并不比别人过分！他也有了春天给予人的希望，生活中也多了一点春天的放任，添了一点气派。他修短了胡子，傍晚回北极饭店的时候手里也拿着一小包一小包买来的东西，不仅如此，他甚至买了一顶浅灰色帽子，以及旅途用的东西（比如布满闪闪发光的白铁钉的价值一卢布七十五戈比的小箱子），想着夏天一定要去圣三一修道院或者新耶路撒冷……

伊万·伊万内奇的这个想法是否实现了，总之，他追求新生活的冲动究竟有什么结果，我不得而知。我想，他的冲动像我们大部分人的冲动一样，结果不怎么样。不过我再说一遍，我也不能肯定。我不能肯定的原因是，在不久后的一天我们——公爵、伊万·伊万内奇和我——就分手了，不是分别一个夏天，也不是一年两年，而是永远。对，不多不少正是永远，就是说，直到世界死灭不再相见。这个念头显然很怪诞，此刻真令我毛骨悚然，想想看：永远！其实，我们所有的人都只在有限的一段时间里一起活在世上，一起体验人间的欢乐和痛苦，看到同一片天空，有着最终是一样的爱和憎，而且人人都注定要服同样的死刑——从地球上消失。因此，当命运让我们分手，每次都完全有可能把我们的分手——哪怕是十分钟的分手——变成永久的分手的时候，我们本该有一种相互极为依恋、极为亲密、至于催人下泪的情愫，甚至要害怕和痛苦得号哭。然而，大家都知道，我们一般都离这种情愫有十万八千里之遥，即使与最亲密的人分手我们往往也满不在乎。公爵、伊万·伊万内奇和我当然也就这样分手了。一天，向晚时分，人家给公爵找了一辆出租马车，把他送往斯摩棱斯克火车站——马车是劣等的，只要六十戈比。我呢，花一个半卢布租了一辆由一匹跑得挺快的灰色母马拉的车去库尔斯克火车站。我们彼此甚至没有道别就分手了。只有伊万·伊万内奇留在那阴暗的走廊和他那间房门上端的玻璃不透光的斗室中。我和公爵给所有的人塞过小费，坐上马车就各自东西了。公爵的态度相当冷漠，我却精神抖擞，穿一身新，下意识地期待着在火车上、旅途中会有什么奇遇……当日的情景仍历历在目：我朝克里姆林宫方向去了，克里姆林宫正沐浴在夕照中，我穿行其间，经过那几座大教堂——它们有多美啊，我的上帝！接着我走上有各种化学品气味的以利亚大街，天已经黑下来，往下是圣母堂大街，教堂的钟声齐鸣，为幸福地结束了的忙碌的一天祝福。我坐在车上不单是为自己和整个世界高兴，而是一心一意沉浸在生存的欢乐之中，以至于还在阿尔巴特广场上的时候，一瞬间我竟忘记了北极饭店，忘记了公爵，忘记了伊万·伊万内奇，哪里想得到他们会永远留在我对往昔的既甜蜜又苦涩的梦中，这梦又将成为我的精神支柱，直到我入土，而总有一天我会徒然呼唤他们：

"亲爱的公爵,亲爱的伊万·伊万内奇,你们的遗骨今安在?我们共同的那些愚蠢的希望和欢乐,我们那个远远逝去的莫斯科的春天又在何处呢?"

(1922)

不相识的朋友

在这张印着大西洋海岸的哀愁而又伟丽的月夜景色的明信片上,我急于表达我对您的热诚的谢意,因为我得到一本您新近出版的书。这海岸,我的第二故乡,是爱尔兰。您看,您未曾谋面的朋友当中的一个,从这么遥远的地方向您致敬。祝您幸福,愿上帝保佑您。

十月七日

又是一张印着爱尔兰风光的明信片,命运永远地把我抛在了这个孤零零的国家。

昨天我冒着暴雨(我们这里经常下雨)进城办事,偶然买到一本您的书。在返回别墅(我身体不好,因此我家常年住在别墅)的路上,我一直不停地读着。因为下雨,云层厚,光线很暗,一处处庭院中的花草却特别鲜亮,空空荡荡的有轨电车开得很快,不断进出青紫色的电火。我读着,读着,不知为什么幸福得难过极了。

别了，再一次感谢您。我还想对您说点什么，不过究竟是什么呢？我不知道，也不会判断。

十月八日

我忍不住又给您写信了。想来这样的信您一定收到得太多，不过这些信正是您为之创作的那些人类灵魂的回应啊！那么我又何必沉默呢？是您通过出版书（给世人，同时也是给我）主动和我交往的啊……

今天整天在下雨，雨洒在我家庭院中绿得不自然的草木上，我屋里很阴暗，壁炉一早就生了火。我有许多话要对您说，而您比别人清楚，倾吐衷肠有多难，几乎是不可能的。我仍然感受着得自于您的一种莫名的、理不出头绪但又非常美好的东西——请您告诉我，这种东西、这种感觉究竟是什么？一般说来，人们受到艺术感染的时候究竟体验到什么？是人的才能、力量使他们神魂颠倒？是我们身上始终存在着的对个人幸福的向往，在某种对感觉起作用的东西（如音乐、诗歌、某种形象的回忆、某种气味）的影响下特别活跃起来？还是像您这样为数不多的人向我们揭示，让我们想到世间毕竟还存在着的人类心灵的超凡的美给予我们的快感呢？有时候我读一篇东西，甚至是很糟糕的东西，忽然会说：天哪，多美啊！这说明什么呢？也许说明生活毕竟是美好的！

再见吧,不久我会再给您写信。我想,这并没有什么失礼之处,给作家写信是很平常的事。何况您也可以不看我的信……当然,这会使我非常伤心。

十月十日

原谅我再说几句也许是不得体的话,我不能不说:我不年轻了,有一个十五岁的女儿,她已经长成娉婷少女,而我当年很有几分姿色,至今变化不大……我总不希望您想象中的我与我的真实面貌不相符合。

夜又及

您的才华像伤感而又崇高的音乐一样感染了我,使我激动,我要与您分享,所以才给您写了信。为什么要分享呢?我不知道,您也不知道,不过我们都很清楚,这种人类心灵的要求是无法杜绝的,没有这种要求就没有生活,这中间包含着一个伟大的奥秘。其实您写作也只是受了这种要求的驱使,而且更甚于此——您是全身心地听从这种要求的驱使。

我一向读书很多,而且大量写日记,像一切对生活感到不满足的人一样。现在我仍然读得很多,也读过您的作品,但是还少,只是久闻先生大名。现在看到您新近出版的这本书……多奇怪啊!某个人的手在某个地方写出一部作品,某个人的心灵以极不明显的暗示吐露了自己的内心生活的极小一部分（文字，即使像您这样一位作家的文字，又能吐露多少呢？），而空间、时间、种种命运和地位之间的差异竟然一下子消失了，您的思想感情变成了我的，我们共同的。世间实在只有一个独一无二的灵魂。在我做了上面这一段解释之后，我要给您写信倾吐衷肠、交流思想感情、诉诉苦的冲动难道还不可理解吗？难道您写作品和我给您写信不是一回事吗？您不也是在对某个人述说，把自己写出的文字寄送出去，寄到某个地方，给某个未知的人吗？您也在诉苦，多半只是诉苦，因为诉苦，换句话说，祈求同情，最是与人难分的。歌曲、祈祷文、诗、爱情的表白包含着多少怨诉啊！

也许您会给我回信，哪怕是几个字？请回信！

十月十一日

我又在夜里给您写信了。我已经准备就寝，可是一种要倾吐衷肠的莫名其妙的愿望折磨着我，而这衷肠很容易被人骂作幼稚可笑，吐露出来的又往往与感觉到的大相径庭。我想说的话其实很少，不过是，我很伤感，自怜，同时又因为有可伤感有可自怜的东西而觉得自己毕竟是个幸福的人。使我伤感的是，我身处异国，在欧洲最西部的海岸上一座城市郊区的别墅里，四周是漆黑的秋夜和从直抵美洲的海洋上升起的雾气。使我伤感的是，我不仅在这间舒适漂亮的屋子里是孤独的，在整个世界上也是孤独的。尤其使我伤感的是，我臆造出来并且对之已经有所期待的您，离我那么远，那么不可知，无论我怎么说，于我自然十分陌生，却又十分真实……

其实世间的一切都是美好的，连这个灯罩，电灯射出的金黄色的光芒，我那已经揭开的床上放着的闪光的内衣，我的睡袍，我的穿着便鞋的脚，以及宽大的袖子里的细瘦的胳膊，也无不如此。对这一切我都有一种无限惋惜的情绪：这一切都是为了什么而存在啊？一切都在过去，一切都将过去，一切都是枉然，正如成了我的生活的无休止的期待……

恳求您给我写信。当然，只需三言两语，好叫我知道您听到了我的心声。请原谅我再三打搅。

十月十三日

唉，总不见您来信。从我初次给您写信到现在，已经过了十五天……

也许是您的出版商还没有把我的信转寄给您吧？也许您有急事要办，有应酬？这很使人难过，但是这样想总比以为您根本不屑于理会我的请求好些。想到后者，太使人难堪和痛苦了。您会说，我没有任何权利要求您关注我，当然也就谈不上什么难堪，谈不上什么痛苦了。不过我真的没有这个权利吗？既然我对您怀有某种感情，也许就有了这个权利吧？比方说，难道有哪个罗密欧会不要求回应，即使没有任何理由；或者哪个奥赛罗是根据他的权利去妒忌的？罗密欧和奥赛罗都会说：既然我爱，怎么可以不被爱？怎么可以背叛我？这不只是要别人爱我，而是有复杂得多、大得多的原因的。我一旦爱上什么东西或者什么人，这就成了我的事，存在于我的心中了……话又说回来，我真不知道怎么才能向您解释清楚，只知道人们一向是这样看的……

无论怎样，我一直没有得到您的回音，于是又给您写信了。我突然臆想到，您和我有相近之处——即使又是我胡思乱想？我相信了自己的胡思乱想，一个劲儿地给您写起信来，而且心里明白，我给您写得越多，越是非写不可，因为在这个过程中我和您之间的某种联系也会逐渐加强。我并不去想象您的面貌，我眼前甚至不存在一个有血有肉的人。那么我究竟在给谁写信？给自己写吗？反正都一样。我也就是您啊。

十月二十一日

今天天气很好，我心情舒畅，窗户都开着，太阳和暖融融的空气使人想到春天。这个地方很奇怪！夏天多雨而阴冷，秋冬却多雨而暖和，有时候天气好得叫人弄不清楚现在是冬天还是意大利式的春天。啊，意大利，意大利，还有我的十八年生命,我的希望,我的快乐的轻信,我即将跨进生活的门槛的时候对未来的期待!那时候生活还在前头,在充满阳光的雾霭中,又如维苏威火山周围的群山、深谷、开满鲜花的园林!请原谅,我知道这些都太不新鲜了,那又与我何干呢?

十月二十二日

您不给我写信的原因也许是我对于您实在太抽象了吧?那么我再告诉您一些我的生活细节。我结婚已经十六年,丈夫是法国人。一个冬日,我和他在法国的里维埃拉相识,后来在罗马结婚,又在意大利度蜜月,之后就到这里来定居了。我有三个孩子,一个男孩、两个女孩。我爱他们吗?是的,但总还是不如那些把自己的生活局限在家庭和孩子身上的母亲。孩子们小的时候,我不停地照料他们,跟他们一起玩,一起做功课。现在他们不需要我了,我就有许多空闲时间用来读书。我的亲人与我天各一方,共同关心的事很少,以至于连信也很少写。由于我丈夫所处的地位,我常有应酬活动,或接待来访的客人,或去拜访别人,出席晚会和酒宴。但是男女朋友我都没有。我和此地的太太们不一样,而我又不相信男女之间能够保持友谊……

我的情况已经说得够多的了。如果您回信,请讲一点您的情况。您是怎样一个人?固定住址在哪里?喜欢莎士比亚还是席勒？歌德还是但丁？巴尔扎克还是福楼拜？喜欢音乐吗？什么样的音乐？结婚了吗？您是被一种已经使你厌烦的关系捆住了呢，还是有一位正处在温柔美丽的岁月中的未婚妻，一切都新鲜而欢快，还没有回忆——那种只能使人苦恼，使人误以为幸福曾经降临而只不过没有被理解和抓住的回忆呢？

夜叉及

总不见您回信，真叫人受不了！有时候我甚至诅咒我决定给您写信的那个日子和那个时辰……

尤其糟糕的是，这件事情不知如何了结。我一再对自己说，不会有回信来，没有必要期待了，可我仍在期待，因为谁能担保真的不会有回信来呢？唉，如果我能确定您不会回信就好了！这样我也会觉得幸福。不过——不对不对，还是有一线希望好些。我希望着，我期待着！

十一月一日

没有信来，我的痛苦依旧……

不过只有早晨最苦——我以不自然的平静和慢条斯理的姿态，用由于内心隐藏着激动的情绪而发凉的双手穿上衣服，走出卧室去喝咖啡，给女儿上钢琴课。她挺直身子，十分优美地挺直身子坐在钢琴前面，使人感动地用心弹着，只有十五岁的女孩子才做得到。中午邮件终于送来了，我连忙跑出去，可是什么也没发现，我几乎安下心来，直到第二天早晨……

今天天气又非常好。太阳低低地照着，明亮而和煦。花园里有许多落尽叶子的黑黑的树木，开着秋天的花。透过园中的树枝可以看到山谷里有一种精致的、蔚蓝色的、美得不寻常的景象。心里充满因为什么事情对什么人的感激之情。为什么事情呢？什么事情也没有，也不会有……真的什么事情也没有吗，既然有这种使心灵感动的感激之情存在？

我也感激您，因为您给了我臆造您的可能。您永远不会认识我，永远不会遇见我,而这中间也包含着许多凄恻的美。也许，您不来信、没给我写过一个字、我眼前根本不存在活生生的您，是好事。如果我认识您，如果我哪怕收到过一封您的来信，我向您诉说的方式，您给我的感觉，还能跟现在一样吗？您一定不会是现在这个样子，一定要差一些，我给您写信也不会像现在这样无拘无束了……

天凉下来，我还没有关上窗户，一直在眺望花园那边的低谷和小山上的蓝色雾霭。这种蓝色美得使人苦恼，苦于总觉得非为它做点什么不可。做什么呢？我不知道。我们什么也不知道！

十一月三日

这很像日记，但毕竟不是日记，因为现在我有一个读者，虽然是假想的读者……

是什么驱使我给您写信呢？是一种讲述的愿望，还是倾吐衷肠（哪怕是以曲折的方式）的愿望？当然是后者。作家，甚至最负盛名的作家，十之八九都不过是讲述而已，就是说，他们实质上与值得被称为艺术的东西毫无共同之处。那么什么是艺术呢？祷词、音乐、人的心灵唱出的歌……啊，但愿我身后能留下哪怕几行文字，说明我也曾生活过，恋爱过，快乐过；我也曾有过青春、春天、意大利……在大西洋海岸有一个遥远的国度，我在这里生活着，爱着，但是现在还期待着什么……在这个大洋中有一些贫瘠的荒岛，上面有一些与人类世界格格不入的蛮人过着贫穷的不开化的生活，他们的起源、暗昧的语言，以及生存的目的无人知晓，也永远不会有人知晓……

我仍在期待，期待有回信来。现在这已经成了一个摆脱不掉的念头，一种心病。

十一月五日

真奇怪啊！回信当然是没有，没有，没有。可是，您想想看，因为我从未见过也不可能见到的人没有来信，没有回答我向远方，向我的幻想发出的呼声，我竟然有一种可怕的孤独感，可怕的空虚感。空虚,空虚!

又是雨,雾,平常的一天。这倒很好,平常,也就是应该如此。这使我安心。

再见,愿上帝饶恕您如此冷酷。对,这毕竟是冷酷的。

十一月七日

因为有雾,又下雨,刚下午三点钟天就黑了。

下午五点钟有客人来我家喝茶。

他们乘小汽车冒雨从阴暗的城里来。雨天湿得发黑的柏油路,湿得发黑的屋顶以及那黑色花岗岩的大教堂——它的尖顶直刺向夹着雨丝的黑暗的天空,使得整个城市显得更加阴暗……

我已经穿好衣服,仿佛在等着上台。我在等着那一刻到来,届时我要说在那种场合该说的话,要表现得殷勤、活跃、周到,只是脸色有点苍白,而这很容易归因于可怕的天气。装扮好的我似乎年轻了,我觉得自己像女儿的姐姐,并且随时都有可能失声痛哭。我毕竟体验到了一种类似恋爱的奇异感觉。爱谁呢?又是由什么引起的呢?

别了,我不再期待了,这是我的真心话。

十一月八日

别了,我的未曾谋面的朋友。在结束我这些得不到回音的书信的时候,我要像开始写它们的时候一样对您表示感谢,感谢您没有回信,否则情况会更糟。您能对我说什么呢?我们又怎能毫不尴尬地中止通信呢?除了我说过的这些话以外,我还有什么可对您说的呢?我再没有什么可说的了,我的话说完了。事实上,谈任何一种人生都可以只用几句话。是的,只用几句话。

怀着我似乎失去了什么人的奇异感觉,我重又一个人面对着我的家,面对着附近这片雾气腾腾的海洋,面对着平常的秋日和冬日。我又回过头来写日记,我奇怪地需要它,正如我奇怪地需要您的作品一样,这只有上帝知道。

前几天我梦见过您。您是那么怪诞,沉默,坐在幽暗的房间里的一角,让人看不见。不过我还是看见了您。即使在梦中我也感觉到,怎么可以梦见生活中从未见过的人呢?不是只有上帝才能从无变有吗?于是我毛骨悚然,在恐惧中醒来,心情十分沉重。

十五年、二十年后,无论我还是您大概都不在世上了。到另一个世界再相会吧!谁能断定它不存在呢?我们连自己的梦,自己的想象塑造的东西都不理解。这想象,更确切地说,我们称之为我们的想象、我们的臆造、我们的幻想的东西,是我们的吗?我们追求这个或者那个心灵,如同我追求您的心灵,是遵从了我们自己的意志吗?

别了。或者还是说,再见吧!

十一月十日

(1923)

黑夜的海上

由敖德萨开往克里木的轮船夜间在耶夫帕托里亚前面停下来。

轮船上和轮船周围嘈杂混乱得如同地狱一般。卷扬机轰隆轰隆响,在上面接货和在下面一艘大平底船上卸货的人拉开嗓门拼命喊叫,东方平民拿着自己的行李嚷嚷着,推推搡搡地朝着供乘客用的舷梯围拢来,不知为什么要像冲锋一样急切地往上爬。放下来照着舷梯平台的一盏电灯以强光照亮了毫无秩序的一串肮脏的圆锥台形小帽和长耳风雪帽、瞪得大大的眼睛、往前挤的肩膀、紧张地抓住舷梯栏杆的手。下面几级台阶不时地被海浪淹没,从那里传来呻吟声。那里的人也在推搡、喊叫,踩空了又抓住,还有船桨撞击的声音,载满人的小船互相争抢着——时而被高高举起到浪尖,时而深深地跌进水里,消失在轮船下面的黑暗中。海豚样的轮船船身仿佛停在一根橡皮筋上,很有弹性地摇来摇去……

终于静下来。

一位身子挺得笔直、两肩也平直的先生是最后上来的人当中的一个,他在头等舱甲板室旁边把他的船票和行李袋交给了听差,听说舱室已经客满,就向船尾走过来。这里漆黑一片,摆着几把帆布椅,只有一把帆布椅上有个黑黑的人影,半躺着,腿上盖一条毛毯。刚上来的这位乘客在离那人几步远的地方挑选了一把帆布椅。椅子矮,他一坐下,帆布就拉紧了,形成非常舒适的栖身之地。轮船一起一落,洋流慢慢地带着它移动,改变方向。吹着南国夏夜温软的风,夹着淡淡的海水气味。是个平常的宁静的夏夜,清澄的天上布满了不起眼的小星星,使黑暗变得柔和而有光泽。远处的灯火显得苍白,又因为夜深了,像在打瞌睡。不久轮船上的一切就都秩序井然,传来不慌不忙的口令,锚链发出哗啦啦的响声……接着船尾颤抖起来,螺旋桨和海水响起来。既低又在一个平面散布在远远的岸上的灯火开始向后浮去。船身停止了摇摆……

两位乘客一动不动地躺在帆布椅上,让人以为他们睡着了。其实没有,他们的眼睛穿过黑暗彼此紧盯着。最后第一位乘客,也就是腿上盖一条毛毯的那个人,简单而又镇静地问了一句:

"您也去克里木?"

第二位乘客,也就是两肩平直的那个人,用同样的口吻不慌不忙地回答说:

"嗯,去克里木,然后再往前走。我要去阿卢普卡,还要去加格里。"

"我一下就认出了您。"第一位乘客说。

"我也一下就认出了您。"第二位乘客说。

"多奇怪多意外的见面啊。"

"再奇怪再意外不过了。"

"其实我不是认出了您,我好像暗暗地预感到您不知为什么一定会出现,所以连认都不必认。"

"我的感觉跟您的完全一样。"

"是吗?太奇怪了。怎么能不说人生确实会有一些——不寻常的时刻啊?也许人生并不像看起来那么简单。"

"也许吧。不过也可能是我们把此时此刻的这些感受想象成了我们的预感。"

"也许吧。嗯,完全可能。甚至可以说就是这样。"

"您看看。我们往往自作聪明,而人生也许很简单。就像刚才在舷梯旁边争先恐后的一群人。这些傻瓜互相推推搡搡究竟往哪儿赶?"

两个聊天的人沉默了片刻,谈话继续下去。

"我们多少年没见面啦?二十三年了吧?"第一位乘客,也就是腿上盖一条毛毯的那位问。

"嗯,差不多,"第二位说,"到秋天就满二十三年。我们两个很容易算出来。几乎是四分之一世纪了。"

"真长。整整一生。我想说的是，我们两个几乎活到头了。"

"是啊，是啊。那又怎么样？活到头了我们害怕吗？"

"哼！当然不害怕。几乎一点儿也不害怕。我们爱自己吓自己，说，活到头了，再过十来年就要进坟墓了，真可怕，那都是胡扯。您想想，进坟墓，这可不是闹着玩儿的。"

"完全正确。我要说的还不止这些呢。您大概知道，我在医学界有点所谓的名气，对吗？"

"谁不知道！我当然知道。在下也出了名，这您知道吗？"

"嗯，当然。可以说，我是您的崇拜者，热心的读者。"第二位乘客说。

"对，对，两个名人。那么您想说什么呢？"

"我想说的是，由于我有名气，就是说，掌握了某些知识，天晓得有多高明，不过够扎实的，我几乎是准确无误地知道，我只能再活几个月，最多一年，而不是十年。我本人和我的同行已经确诊我得了绝症。可是请您相信，我还是几乎像没事人一样活着。只不过自己挖苦自己：您看看，我本来想在一切人面前炫耀自己懂得死亡的种种原因，以便出名，出色地活着，结果我出色地了解了自己的死因。倒不如让别人愚弄我，骗我说：没事，老兄，咱们还有办法！现在怎么骗？怎么编瞎话？不好办了。人家不仅坦率地，甚至加油加醋地以体贴、奉承的口吻说：'尊敬的同行，你我用不着耍花招了……到头了①！'"

"您这话当真？"第一位乘客问。

"百分之百当真，"第二位乘客说，"主要的是什么？有个叫凯的人是会死的，因此我也会死，不过这话的意思是到时候会死！现在，遗憾的是，情况完全不同，不是到时候，而是一年以后。一年的时间长吗？明年夏天您还能漂洋过海到什么地方去，而我的尊贵的遗骨就要埋在莫斯科新圣女修道院的墓园里了。那又怎么样？想到这一点的时候我几乎什么感觉也没有，最糟糕的是，这并不是因为我有学生们认为我有的勇气——我给他们讲我的病和这种病的发展过程就像讲一种从临床角度来看很有意思的现象，我只不过像白痴一样麻木罢了。我周围知道我得了绝症这个秘密的人也都没有任何感觉。再说您，难道您为我感到害怕？"

"为不为您感到害怕？我承认，实际上一点也不。"

"当然也丝毫不遗憾？"

"对，不遗憾。而且我想，您一点也不相信会有无忧无虑、只长天堂苹果的福地，是吧？"

"我们有什么信仰……"

这两位乘客又沉默了一阵。后来他们掏出烟盒，开始吸烟。

---

① 楷体部分文字在原文中是意大利语，本义是"喜剧终"。

"您看到了吧，"第一位乘客，就是腿上盖一条毛毯的那位说，"现在我们两个一点都没有在对方或者想象中的听众面前装模作样，弄虚作假。我们真的是直说，没有故作犬儒主义姿态，也没有一点带挖苦意味的吹嘘——那样做总是要讨回一点同情：您看看我们现在的状况。这种东西我们一点也没有。我们实话实说，沉默的时候也没有特别的含义，不是出于有坚韧的修养。总的来说，世上没有比人更爱享受的动物了，狡猾的人心善于从一切事物中吸取自己喜悦的东西。不过在我们之间的事情上面，我连这一点都看不到。其实在我们两个的，按你的话说是白痴一样的麻木之外，应该加上我们之间的关系的特殊性，这就使得我上面说的那句话更加有趣。我们两个的关系太密切了。确切些说，应该是密切的。"

"那还用说！"第二位乘客说，"实际上我给您造成多大的伤害啊！您的感受我能想象到。"

"不错，甚至比您能想象的要多得多。总的来说，一个男人、一个情夫、一个被人夺去妻子的丈夫的感受真是太可怕了，那是一场噩梦，他的自尊心，他的充满可怕的妒火的想象——想象他的情敌此刻享有的幸福，他对失去的雌性伴侣的毫无希望、找不到出路的柔情，确切些说是性欲，整天整夜几乎一分钟也不间断地折磨得他抽搐不已，直想怀着最残暴的仇恨掐死她，同时又以种种最最屈尊俯就的方式向她表示真正像狗一样的顺服和忠诚。总而言之是可怕得无法描述。再说我这个人和平常人还不完全一样，我特别敏感，特别富于想象。您想想那些年我的感受是什么。"

"真有几年吗？"

"请您相信，至少有三年。后来好长时间我一想到您，想到她，想到您和她的亲密关系，就像有一块烧红的铁在烙我一样。这是可以理解的。一个人，比方说，他的未婚妻给抢走了，这问题还不大。如果是情妇，像我们这种情况是妻子，给抢走了！你跟她，恕我直言，睡在一起，熟悉她的肉体和心灵的一切特征就像熟悉自己的五个手指头！请想想，在这种情况下嫉妒的想象空间有多大。如何能忍受让别人占有她？这是超出人的承受力的。因为什么我差点变成酒鬼？因为什么我损害了自己的健康和意志？因为什么我葬送了自己精力旺盛、才华横溢的年龄段？可以毫不夸张地说，您简直是把我腰斩了。当然，我愈合了，那又有什么用？从前的我已经没了，不可能存在了。您闯进了我的整个生命的至圣所！豪塔马王子选妃的时候看见了有'仙女的身姿、春天牡鹿的眼睛的亚索德哈拉'，兴奋不已，鬼使神差想出和别的青年比赛射箭的勾当，结果王子射出一箭，七千英里以外都听得见，然后他就把自己的珍珠项链取下来戴在亚索德哈拉的脖子上，说：'我选中她是因为很久很久以前我和她在森林里玩儿过，当时我是猎人的儿子，她是林仙，我的灵魂想起了她!'那天亚索德哈拉披着一块黑金两色的盖头,王子看了一眼说:'她披一块黑金二色的盖头,是因为亿万年前我还是个猎人的时候看见她是林间的一只豹子,我的灵魂想起了她!'请原谅我讲这段长诗,其中可是含有巨大而吓人的真理啊。您只要好好想想这些有关灵魂能回忆的惊人的话所包含的意义,想想这世上最神圣的会见让旁人破坏有多可怕。说不定我也射过一支几千英里外都听得见的箭,谁知道呢。可是突然出现了您……"

"那么您现在对我有什么感觉呢?"两肩平直的先生问,"愤恨,反感,想复仇?"

"您看,我什么感觉也没有。虽然我慷慨激昂地讲了一大篇,但是什么感觉也没有。可怕,真可怕!这就是'我的灵魂回忆起'的结果!其实您自己很清楚,知道我现在什么感觉也没有。否则您不会问我。"

"您说得对。我知道。这也很可怕。"

"可是我们并不觉得可怕。人人恐惧,那就一点也不可怕。"

"对,实际上一点也不可怕。人们常说,过去的事情就过去了!这是胡扯。严格地说,人没有什么过去。那只是一度经历过的事情的微弱的回音……"

两个聊天的人又沉默了一阵。轮船颤抖着前行,从轮船两侧过去的瞌睡的海浪的柔和喧声有节奏地起伏着。在单调地喧

哗着的船尾外迅速而单调地旋转着计程仪的纤绳,那计程仪有时发出细微而神秘的丁丁声……后来两肩平直的先生问道:

"请您告诉我……您听到她的死讯的时候有什么感觉?也是什么感觉都没有吗?"

"对,几乎什么感觉都没有,"腿上盖一条毛毯的先生说,"主要是对自己的毫无感觉感到有点奇怪。早上我翻开报纸,一条消息微微刺激了我的眼睛:按上帝的意旨,某女士……因为不习惯看见一个熟人,一个很亲近的人的名字用粗体字郑重其事地印在报纸的这个版面上,加上黑框,我觉得很奇怪……接着我很想忧愁一番,瞧,这就是那个……可是——

我从漠然的口中听到死讯,

并且漠然地注意到她……①

连忧愁都忧愁不起来。只有一种淡淡的怜惜……'我的灵魂想起,'这不就是那个,我的第一次,而且是那么残酷的、历时多年的爱情嘛。我认识她的时候,她正处在最美丽、最天真、几乎像孩子一样轻信和胆怯的时期,正是这一点难以表述地震撼男子的心,也许女性的柔弱都一定包含着这种轻信的无助,

---

① 据俄文版注,原为俄国大诗人普希金的诗句,但引用得不准确。

一种孩子气的东西,是少女、妇人体内始终蕴藏着未来的孩子的标志。而她真的是把上帝赐予她的一切怀着神圣、幸福和恐惧感首先献给了我,那一切就是她的处女身,就是世界上最美的东西,是我在一生中从未有过的忘神状态下吻过不下几百万次的。因为她,真的是一连好几年,我日日夜夜精神失常。因为她,我哭泣,揪自己的头发,企图自杀,酗酒,让马车拉着疯跑,在狂怒中撕毁了自己的,也许是最好最珍贵的作品……可是二十年后我却毫无感觉地望着黑框中她的名字,毫无感觉地想象她躺在棺木中的情形……这想象是令人不快的,不过也仅仅是令人不快而已。请您相信,仅此而已。就说您现在,当然是指现在,难道还有什么感觉吗?"

"我吗?没有,何必隐瞒?当然是几乎没有了……"

轮船继续前行。海浪一波接一波激溅着从轮船两侧向后去了,由船尾拖出的一条像雪花一样白的水路单调地喧嚣着,翻起泡沫。刮着温和的风,星星摆出的图案在黑烟囱之上、缆索之上、前桅那细细的尖顶之上的高空里,一动也不动……

"可是您知道吗?"第一位乘客好像刚清醒过来,突然说,"您知道主要的是什么?主要的是我怎么也没办法把去世的她和我刚才跟您谈到的那个她联系在一起。就是没办法。根本没办法。那个她完全不同。说我对那个她毫无感觉就是说谎了。因此我的话说得不准确。根本不是那回事,不是那样。"

第二位乘客想了想,问道:

"究竟怎样呢?"

"我们的一场谈话几乎是白费口舌。"

"哦,白费口舌?"第二位乘客说,"您所说的那个她只不过是您,您的想象,您的感情,一句话,属于您自己的某种东西。就是说,您只不过是自己触动了自己,自己使自己激动了一番而已。您好好分析分析吧。"

"您这样认为?我不知道。也许吧……对,也许是……"

"再说,您自己使自己激动的时间长吗?十分钟。或者半小时。最多一天。"

"对,对。可怕,不过您好像说对了。她现在在哪儿呢?在那儿,在这美丽的天上吗?"

"只有阿拉知道,我的朋友。很可能哪儿也不在。"

"您这样认为?对,对……很可能是这样……"

在轻柔、有星光的夜空穹隆下,一马平川的大海几乎像个黑色的圆。失落在这黑黝黝的圆形平川上的小轮船木然而坚定地继续前进。船后无休止地拖着一条昏昏欲睡地冒着水泡的乳白色水道,它一直延伸到远方水天相连的地平线上,在这乳白色的衬托下,地平线显得黑暗、愁惨。计程仪的纤绳不停地转呀转,它偶尔发出细微的丁丁声,悲哀而神秘地记下了什么,斩断了什么……

两个聊天的人又沉默了一阵之后,只互相低声说了一句:"晚安!"

(1923)

主　教

两百年前的一个冬日，住持某古老修道院的主教觉得特别衰弱而心有所感。

晚上，他卧室里的许许多多出色的圣像前面点着不止一盏长明灯，瓷砖面的壁炉散发的热气和铺在地板上的马衣使这间屋子充满温馨舒适的气氛。主教坐在卧榻上烤火，他轻轻拉了拉小铃。

一个仆役无声地走进来，静静地向他鞠躬。主教说：

"亲爱的兄弟，你去把唱诗班叫来，我这么晚还打搅他们，上帝会宽恕我这个不肖的人。"

主教的卧室很快就站满了年轻的黑衣修士，他们进来以前都脱了鞋，只穿着毛袜。他们向主教鞠躬到地以后，主教回答说：

"亲爱的兄弟们，我很想听听我年轻的时候写的颂赞主耶稣基督的圣诞——我们无法用语言表达的美的圣诗。"

于是唱诗班轻声唱起了主教早年创作的圣诗。

主教听着，时时流下泪来，以手掩面。

主教让歌手们散去的时候,歌手们一一鞠躬告退,主教留下了他们当中的一个,他最喜欢的一个,从容地与他长谈。

主教对他讲了自己的一生。

主教从自己的童年和少年时期谈到青年时期的工作和梦想,还有最初从祈祷中体验到的极大的欢欣。

将近子夜时分主教向他告别,目光狂热地吻了吻他,并且向他鞠躬到地。

这是主教在尘世的最后一夜,天亮以后大家发现他已经去世——一只手拄着两叉头的铁杖跪在神龛前面,仰着细瘦苍白的脸,身子凉了,再也不会说话。

在一幅古圣像画上面,主教被画成这个样子。这幅圣像是一位圣徒最珍爱的,他几乎是我们的同时代人——坦波夫省的一个普通农民。他在这幅圣像面前祈祷的时候这样呼唤那位伟大、光荣的主教:

"亲爱的米秋什卡[①]!"

只有上帝知道如何衡量俄罗斯心灵的难以言说的美。

(1924)

[①] 米秋什卡是俄国男子名德米特里的小名、爱称。这样称呼说明这位圣徒把主教当成自己最亲近的人。

蜣　螂

我看见自己在开罗,在布拉克博物馆①。

我走进院子的时候,正好有两头牛拉着一辆长长的灵车慢慢来到门口,灵车上摆着一具高大的石椁。我微微一笑,心想:"又来一位伟大的君王……"

博物馆的前厅堆满各色花岗岩石椁和涂了金色油漆的木棺。屋里有一种馥郁而干燥的清香,是木乃伊的神圣香气,犹如传说中的古埃及灵魂本身。但是接收新到的一批千年古尸的官员们在回声很大的走廊里迅速走来走去,或者从主梯上跑下来;他们干着日常的工作,彼此呼来唤去,互相询问,大声向什么人发号施令。

我穿过前厅里的棺椁,走进一间间摆满别的棺椁的一尘不染然而死气沉沉的展厅。这里也有那种馥郁而干燥的清香,既古老又神圣! 我走了许久,再一次长时间观看装在

---

① 此馆迁移后被命名为埃及国家博物馆。

玻璃匣中的拉美西斯二世①的又小又黑的干尸。对，对，想想吧：我就在伟大的拉美西斯旁边，在他的真身旁边，虽然他的身体干了，黑了，变成了一具骨骼，但毕竟是他，是他！

紧挨着是马里耶特②收集到的蜣螂。马里耶特把这些法老王的蜣螂按年代排列好放在一个特别的玻璃橱中，一共是三百只妙不可言的青金石和蛇纹石甲壳虫。在这些甲壳虫身上刻有已故君王的名字，并且置于他们的木乃伊胸膛上，作为从大地诞生和永远重生的不朽生命的象征。马里耶特收集了这些蜣螂，并且将它们展出，使全人类震惊：

"瞧，这就是埃及的全部历史，它的生命长达五千年。"

对，五千年的生命和荣光，最后归结为玩具般的宝石收藏品！而这些石头是永恒生命的象征，复活的象征！是让人苦笑呢，还是让人高兴？

毕竟让人高兴。那至今把我的心与几千年前停止了跳动、上面几千年来一直放着这么一小块真该让人膜拜的青金石的那颗心紧紧连在一起的东西，是永远无法抹杀的，也是最为奇妙的。那个传奇时代的人心同我们这个时代的人心一样，坚决不

---

① 拉美西斯二世是古埃及第十九王朝法老，在位期间大建神庙。
② 马里耶特（1821—1881）是法国埃及考古学家，于一八五八年建立开罗的埃及博物馆。

肯相信死亡,而只相信生命。一切都会逝去,只有这个信念不会逝去!

(1924年5月10日)

盲 人

即使在阳光灿烂的日子,如果你走到防波堤上,也会有大风迎面吹来,而且可以看见远方阿尔卑斯山的雪峰——它们是银白色的,可怖的。然而,在风平浪静的日子,这座白色小城的滨海大道上却是暖融融的,阳光耀眼,着春装的人们在这里漫步,或者坐在棕榈树下的长椅上,眯起眼睛从宽边草帽檐下望着深蓝色的大海,以及穿一身航海服矗立在万里无云的晴空下的英王的白色雕像。

一个盲人独自坐着,背对着海湾。他看不见太阳,只能感觉到太阳晒着他的脊背。他没戴帽子,头发灰白,很有老者的风采。他的坐姿是紧张而一动不动的,同所有的盲人一样,犹如一尊埃及人像:上身挺得笔直,两个膝头并作一处,一顶翻过来的帽子和一双晒黑了的大手搁在膝上,那雕塑般的面孔微微仰起并且稍稍转向一侧,不停地用敏锐的听觉警惕地捕捉在这里漫步的人的话语声和沙沙的脚步声。他有些像吟唱似的反复低声说着,凄婉而又谦卑地叫我们想到我们应该做有慈悲心肠的善人。当我终于止步,在他视而不见的眼前拿出几个生丁[1]放进他的帽子里的时候,他仍旧那样视而不见地望着空中,没有改变姿势,也没有改变表情,在一瞬间中断了他那吟唱似的有节律的机械反复的话语,只简单而发自内心地说:

"多谢,多谢,我的好兄弟!"[2]

对,对,我们都是兄弟。只有死亡或者巨大的悲痛、巨大的不幸,才能除去我们在人世间的种种头衔,把我们引出寻常生活的圈子,以真实而无法反驳的说服力使我们想到这一点。他说"好兄弟"这几个字的时候是多么深信不疑啊!他不害怕、也不可能害怕错把并非普通一个路人,而是国王或者共和国总统、或者名人、或者亿万富翁称作了兄弟。甚至完完全全不是因为他不害怕这个,自信人们看到他眼瞎就会谅解他所做的一切。不,原因根本不在这里。只不过他此刻已经从众生中升华罢了。上帝的手触到了他以后,仿佛剥去了他的名分、时间、空间。此刻他只是一个人,对他说来一切人都是兄弟……

再者,他说"好"兄弟也是对的,因为我们大家性本善良。我走着,呼吸着,看到,感觉到——我负载着生命,负载着生命的充实和快乐。这是什么意思呢?意思是我领会着、接受着我周围使我觉得可爱、愉悦、亲近的一切,唤起我心中的爱的

---

[1] 1生丁等于0.01法郎。
[2] 原文为法语。

一切。因此,生命无疑就是爱,就是善,而减少爱,减少善,就是减少生命,也就是死亡。这个盲人在我走过他身边的时候向我召唤道:"也看我一眼吧,也感觉一回对我的爱吧。在这个阳光明媚的早晨,世上的一切于你都是亲近的,那么我于你也是亲近的。既然我于你是亲近的,你就不可能对我的孤独和我的无奈无动于衷,因为我的肉身,同全世界的肉身一样,与你的本是一物;因为你感觉到生命就是感觉到爱,而任何痛苦都是破坏了我们共同的生之快乐,亦即破坏了我们对彼此乃至对一切物质的感觉的我们共同的痛苦!"

请勿力求在凡尘中,在尘世的嫉妒、仇恨、恶性竞争中去实现平等。

那里不可能有平等,从来不曾有过,将来也不会有。

(1924年5月25日)

苍 蝇

普罗科菲躺在高板床下面的铺板上已经两年有余,他的双腿因为截肢而萎缩了。

村庄坐落在河谷的斜坡上。这一带闭塞荒凉,是被上帝遗忘的地方。农忙季节还没有结束。附近的田地上散布着一座座麦垛,远望像沙漠一样赤裸、焦黄。村里只留下老人和小孩。鸡鸣使人瞌睡。一头牛犊像有苦说不出的哑巴,在牧场上发出乏味的哞哞声。几只狗在棚屋的阴影中打盹儿,不时赶开它们耳朵上的苍蝇。一间间闷热的农舍门槛上有些小鸡吱吱地叫着啄食。太阳昏昏地烤着大地,从东边,也就是坡地后面,有一片沉默的云渐渐大起来,颜色发青,然而一时还看不出会有什么结果。

普罗科菲一天天就在这寂静和无聊中躺着。去年这个时节我到他那里去过,今年春天再次去过,现在又顺路去看他。一切依旧,屋里半明半暗,闷热,桌子上有面包,用一件破破烂烂的厚呢袍盖着;这呢袍上,窗玻璃上,四壁上,都爬着无数的,简直就是黑压压一片苍蝇,而他头靠炉灶的一侧躺在铺板上,齐腰盖着色彩斑驳的旧马衣,嘴里叼着烟斗,面带微笑。他一口一口地吸着烟,同时在微笑。马衣下面是他的两条不会动的腿,细得极不自然,虽然穿着条纹布长裤,还是让人看着很不舒服,很胆寒,以至当他掀开马衣给我看他的腿的时候,我赶紧移开我的视线。可是他还打趣地说:

"您看看,成什么了!这不是腿,倒像小木杆儿!拿去织花边没问题!"

我在铺板旁边一只底朝天的木桶上坐着卷烟,心里想:过半小时我走了以后,他又是一个人待在这屋子里,又要这么躺着,望着对面的墙壁,以及悬在他头上的高板床的一块块发黑的木板。一想到这种生存方式,我就觉得毛骨悚然,可是他躺在那里却像没事人一样;不仅如此,他的自我感觉看上去好极了。这是怎么回事?是出了名的俄罗斯人的忍耐精神吗?是东方人对命运的屈从吗?是圣人的境界吗?不,都不是。他的脸是一张普通的中年农民的脸,上面没有丝毫成圣的痕迹,只有一双眼睛明亮而又生气勃勃得使人震惊。他笑着说:

"您相信吗,他们给我整理床铺把我抬到坐柜上去的时候,瞧着这两条腿我自己都觉得稀奇,小得跟孩子的一样,尤其这么甩来甩去,简直就像是别人的……"

我连想到这两条腿都受不了。他呢,一面吸烟一面赶苍蝇,

把掉在额头上的长发甩开,而且还拿头发打趣说:

"瞧我这头发长的!都能当主教了!"

为了换个话题,我说:

"普罗科菲,你们这儿的苍蝇也太多了!"

他活泼地接过去说:

"苍蝇吗?可了不得!从早到晚我一个劲儿地碾,碾死了千千万万。我只要往墙上啐一口痰,马上就有一群苍蝇围上来,我就碾它们。用棍子。棍子就在我身边。"

他伸出右手在床上摸了一下,给我看一根仿佛涂了焦油的棍子,原来棍子上和墙上都是黏黏糊糊的苍蝇肉酱。

"得了,"他又说,"没有苍蝇我能干什么?这我倒整天有事儿干。"

"你还干什么呢?"

"还干什么?什么也不干了。躺着抽烟,想事儿。"

"想什么?"

"嘿,还不都是乱七八糟的事儿,随便想。如今我不大想家务事儿了。他们从地里回来都要跟我说,我也不大在意。我们冻不着饿不着,这您知道,所以就不想了。我多半想从前的事儿,那时候我没毛病,年轻。"

"唉,普罗科菲,"我忍不住说,"你遭遇这样的事情也真够可怕的!"

他平静地直视着我,叼着烟袋平静地说:

"这不过是一种看法,老爷。因为您身体健康,所以有这种感觉。要是您得了病,就算不比我重,您又能怎么样?还不是只好躺着。健康的人,当然啦,总想多多地享受,大大地发财,在别人面前炫耀炫耀。等他一躺下来,看见苍蝇也高兴。您总琢磨着怎么才能写出更好的文章来,我总琢磨着怎么才能碾死更多的苍蝇。还不都一样,就是让人心满意足。死也一样。要是死真的那么可怕,就没人去死了,上帝也不会让人去受那么大的罪了。嘿,都不过是一种看法……"

半小时以后,我怀着对周围的一切都不必认真的奇异的愚钝感向他道别,走出那间农舍,跨上马。也许真的一切都很好,感谢上帝,一点小事都能让人心满意足、高高兴兴?比如把一只脚放在马镫上一踩,翻身上马,感觉到座下是一匹年轻强壮的马的光滑的皮肤和活泼的动作,心里多么愉快啊!我动了动缰绳,让马大步沿着牧场走去。村里更加安静了,连公鸡都不再啼叫,牛犊合上粗大的白眼睫毛躺在那里打盹儿。我骑马经过一排农舍,经过一扇扇被夕阳照得耀眼的玻璃窗,绕到最后一间农舍后面,沿着村道登上一个不陡的坡,进入草原……迎面吹来干燥而温馨的微风,前面是一望无际的平原,七月的田亩一直伸展到远方地平线上,像一片黄沙,在隐约可辨的远方渐渐变成一种美丽诱人的青灰色东西……

普罗科菲呢，他依旧躺在那里，他有他的快乐。我起身告辞（这一别也许又是一年）的时候，他随随便便、高高兴兴地伸出手来握了握我的手，完全不像从前那样——从前他只伸出他的关节突出、一点也不柔软的手指指尖，并且怀着乡下人的顾虑和畏怯心理；这回他却是用整只大手愉快而友好地用力握了，主要的是，以完全平等的态度。似乎正是这一点给了我最大的震撼，使我特别深切地感觉到他的肉体和精神都有了根本的改变，岁月根本改变了他——他独自躺在高板床下想他的心事，同时不停地以碾苍蝇为乐，这乐趣已经逐渐变成纯粹行猎的癖好，几乎成为人生的目的：上帝保佑，明天我醒来再接着干。奇怪的工作，奇怪的念头！他碾死一群一群的苍蝇，在深心里暗自平静地创造着一种可怕的、同时也是快乐的智力游戏……究竟是智力游戏，还是大彻大悟者的貌似呆傻呢？是虚心的人有福了[①]，还是绝望产生了无所谓的心态呢？

我一点也不明白，望着远方继续前行。

（1924年6月9日）

[①] 《圣经·新约·马太福音》第五章记载了著名的耶稣登山训众，他讲到八种人有福了，第一种是"虚心的人"。从俄文版和英文版看来，直译应是"心灵贫乏的人"。

名 气

我说,我的先生,俄国人的名气可不是个简单的东西!值得写一本专著来研究。依我看,这甚至是解读整部俄国历史的钥匙之一。请原谅我说,您究竟还涉世不深。您最好听一听我的现成资料。我在业余时间不摘眼镜,四十年来读书不倦,生活经验也积累了一些,别看我是个二流古旧书商,在某些方面我能跟任何一位克柳切夫斯基①较量。至于说到所谓敬神的人,那更不在话下,那甚至是我的专长。现在我就给您讲几个这一类的人物,不是什么神话里的,也不是远古时代的,而是当今实实在在活着的。

比如大胡子庄稼汉。他本是沃罗涅日人。多少年都没有什么人知道他。突然出了一件事。一天早上,有个编外上校丢了一只核桃木匣子。警察到处搜查,跑断了腿,可是毫无结果。怎么办?他们跑到城郊大村去找巫医——这种人在沃罗涅日、

---

① 瓦·奥·克柳切夫斯基(1841—1911),俄国历史学家。

奥廖尔、库尔斯克、坦波夫城郊多得不得了。他们走进一座小屋，碰见一群人站在那儿，足有二十来个乡下女人感动得泪流满面地望着一位圣徒，圣徒在喝茶。上方的桌子上摆着咕嘟咕嘟冒气的茶炊，桌边坐着一个怡然自得的庄稼汉，他腰里系一根孩子用的粉红色腰带，蓄一把盖住整个胸膛的大胡子，以一双明亮的眼睛蹙起眉头看人，同时不停地喝茶，不用茶杯，也不用水杯，而是直接用涮杯缸喝。喝完一缸，拿袖子擦擦脱发的额头上的汗水，舔舔嘴唇，再低声下令：

"倒茶，再甜点儿！"

他喝得大汗淋漓，连说话都听不见他的声音了。站在前面的一个女人，也是最出众最漂亮的一个，连忙冲上前去给他斟了满满一涮杯缸茶水，又放了好多糖，然后退回来，站在原地一边哭一边望着他。他呢，再一次牛饮起来。警察问他：

"你是什么人？"

"信神的人，大人。在喝茶，就这样。"

"你叫什么？"

他一点也不怕，说：

"我吗？叫大胡子庄稼汉。爱喝茶。"

"有人丢了东西，你能掐算吗？"

他把茶喝到底，口齿伶俐地说：

"能，不过，亲爱的，要空心算。明天一大早吧。"

第二天一大早警察就把他带到上校家去，叫他掐算。他说：

"不行，不能这么干。我爹妈不是这么教的。要先祈祷。祈祷吧，大家都来祈祷。"

县警察所所长、区警察所所长、一班警察、上校本人和他全家，包括六个女儿，都来祈祷，连老奶奶都给拉来了。祈祷结束以后才发现，大胡子庄稼汉根本就不会掐算，他硬是给推出门外。可是您猜后来怎么样？从此这个大胡子庄稼汉的名气不是天天见长，而是一小时一小时地往上长，找他的人成群结队，给他的钱财赠品不知有多少，富商们争先恐后地向他鞠躬到地，请他上门。他发慈悲去了，在最尊贵的席位上坐下来——喝茶，大喝特喝，一面喝一面下令：

"倒茶，再甜点儿！"

您不信吧？您想，怎么可能把一个只会喝空能够装一桶水的茶炊的人奉为神圣达二十年之久？或者他不仅只是能喝，大概偶尔也有什么特异表现。比方说，胡扯一些与神有关的话啦，哪怕为了面子上过得去糊弄一下呢。根本没有这回事！他光靠喝就有了名气！

我们接着说吧。有个叫费佳的，也是沃罗涅日人。他有个不大好听的绰号叫佐洛塔里①，可是这个人的名气也大极了。

---

① 俄语意为"金银匠"，但是与"掏粪工"谐音。

他在城郊大村有一座小房子，还有一子一女，子女都已经长大成人，开一家小店，经营得很好。可是做父亲的费佳十五年来一直在街头流浪。黑黑的脸，没有蓄大胡子，两只黑黑的眼睛发呆，总不说话，确切地说是只唱不说：您叫住他，问他问题，他死死地盯着您，从《圣经》里掏出点东西来回答。他的嗓音真吓人。他本人的样子也吓人：头发油腻腻的，赤脚，当然是穿一身破烂，把支锅用的铁支架拿来脚朝上戴在头上，像一顶王冠。主要是他干的事情吓人：淘垃圾。彻夜祈祷的钟声一响，他就去掏粪工夜间倒城市污物的城外山沟里用一根棍子刨，一直刨到天黑，刨到大汗淋漓才回家睡觉。还有什么？就这些！可是为什么人们没完没了地给他钱，给他面包和别的东西？为什么人们要抓住他的手直吻，不仅吻他的手，还吻他的臭棍子？我不知道，不明白！您自己去琢磨吧，有您琢磨的……

还有鲍里索格列布斯克的基留沙、图拉的基留沙、天诛地灭的克谢诺丰特……鲍里索格列布斯克的基留沙本是鲍里索格列布斯克市附近一个商业大村的庄稼汉，脸白白红红的。有一天他忽然把自己的头发剪成一绺一绺的，脱了鞋子，穿上女人的裙子，手里拿一根铁钎，进城去出洋相。他挑选了一个大节日——圣三一节，直接进大教堂去做午前祈祷。大教堂的前排坐的当然都是当地的名流和官员，全都衣冠楚楚。阳光从穹顶直射下来，室内闷热拥挤得难以想象，再说铺在地板和挂在墙上的白桦树枝蔫了，有一股死人气味。突然大家听见一声可怕的牛叫，基留沙像牛一样吼叫着冲进教堂里来，穿过人群径直向讲经台前闯过去。几名警察当即揪着他的衣领把他推出门外，可是他的事情已经做成了——整个大教堂里的人，后来是全城的人，都震惊、激动不已。基留沙从圣三一节那天像一头牛似的闯进大教堂起，一连三年不改样。一连三年他不说话，只学牛叫。他吼叫，吹响耶利哥的号角，用种种手势预言：把一个指头插进拳头里——预言婚事，用手作十字状——预言丧事。到了第四年，有一天他算了算，发现自己挣的钱财已经相当可观，就打道回府了。他回去盖了房子，房前还开辟了小花园，种上锦葵，等等。是不是个普普通通的骗子？显然是。可是他有名气！对不对？我刚才提到的另外两个也一样，图拉的基留沙和克谢诺丰特也都有名气。图拉的基留沙个子不高，相貌很端正，熟读《圣经》，圣诗唱得好。他穿一件色泽灰暗的紧腰长外衣，胸前挂一个袋子，袋子里装的是什么——"亲爱的姐妹们，已婚的和守寡的妇女们，凡人最好别往里瞧！"克谢诺丰特不知为什么把自己称作天诛地灭的。他年轻，脸上有麻子，个子高，穿得像个见习修士。他的癫狂行为不过是在城里游荡，喝女市民和老板娘的茶，而且一定要加长明灯的灯油。您是不是又要说他们是普普通通的骗子？我完全同意。一个胸前挂着神秘的袋子，另外一个喝茶加长明灯的灯油，不过如此。那么秘密在哪儿？只在袋子和灯油里吗？

我再给您讲两个这类人，比如费奥多西和彼得鲁沙，乍一看好像也很平常。费奥多西也是有一天不耐烦再当平平常常的扫院工了，也是在某一天脱了鞋子，戴上苦行僧戴的枷锁——其实不过是一根拴狗的链子，找来一个叫彼得鲁沙的流浪汉给他当帮手，然后出门去说预言。您又会想，他总有点某方面的才能吧？我又让您失望了，他一丝一毫的才能也没有！他的预言说得不高明到极点，主要的是，他连一点先知的样子都没有，不过是一个四十来岁相貌平常的秃头庄稼汉，有一双嬉皮笑脸、厚颜无耻的人的眼睛。彼得鲁沙的长相更俗，类似市井小民，根本没脑子，十分下流，见了姑娘、妇女，只管她们叫小柳树、小柳莺、小金丝雀，而且嘴馋得不一般，尤其爱吃加奶面条和西瓜。他一看见西瓜就兴奋得发抖，口里嚷嚷着："诱惑，诱惑，天大的诱惑！"然后抱过去搁在他的膝头上，用五个手指头掏着吃，一直掏到底。您又想说，这种小骗子不足挂齿，如果事情仅止于此，这两个圣徒也就不值得我们关注。可是，第一，我要说的是，骗子和败类在我们的名人当中过去和现在都太多了；第二，我不得不提醒您，我讲这些的目的并不在于揭露他们，我想指出的是，我们俄罗斯人自古以来就崇拜骗子和败类，这确实是我们的一个突出的特征，我们的这种"女人对假先知的偏爱"值得严重关注。此外，说费奥多西和彼得鲁沙仅仅是小骗子我无论如何不能同意。他们在某些方面表现得让人吃惊。您只要设想一下，这个费奥多西如何嬉皮笑脸、满不在乎、厚颜无耻、轻轻松松地在人间游荡，而且把身边的其他俄罗斯人一个个都看成十足的白痴——当然不是用头脑理智地这样认为，而是凭自己的本性。这难道不也是一种天赋？彼得鲁沙也有他的天赋。说到这儿您也不得不设想一种超常现象，一种从纯粹原始的意义上来看无法填满的肚腹，一种动物性的对唯一目标的追求——扑向面条、西瓜、小金丝雀、美妞。我认为，这种原始性和动物性，除了在俄罗斯人身上，别处您看不到。请您相信，使人们震惊的（人们当然并不自觉），正是这种纯粹动物性的可怕力量……

有名的伊万·斯捷潘诺维奇·利哈乔夫也是这种类型的人。他驾驶快马拉出租车好多年，所以得了一个"利哈乔夫"的绰号①，在到处是窑子的街区落脚。后来他不赶车了，摇身一变成了个圣洁生活的导师，游走江湖。他穿上僧袍内衣，戴上尖顶绒僧帽，就上路了。他的头秃得没有一点先知样子，不亚于费奥多西，也像费奥多西一样自得，张口就是俗不可耐的花言巧语，逢人就说些老掉牙的教训，他最注意的当然是有慈悲心的蠢女人解开手帕能拿出几个五戈比铜板给他。我看这也是个

---

① 俄语中"利哈奇"（лихач）的意思是驾驶快马好车的出租马车夫，词尾加了"ёв"构成"利哈乔夫"（Лихачёв），成为俄罗斯人的姓氏。

难得的有趣题材！您看，这个人，因为成年累月地待在窨子附近，也形成了自己对世界、对人生、对人类的某种出类拔萃的观点！

还有瓦纽沙·库维罗克呢？为什么叫库维罗克？就因为他总打滚①！他多半是打着滚走路。太让人吃惊了！他能够打着滚走五俄里，甚至十俄里。再加上他那张脸，满脸皱纹，却是个四十岁的孩子，有两只调皮的小眼睛，留女式头发，不过稍微剪短一点，留长了当然就不便于打滚了。他之所以有名是因为他曾经跟着马特廖娜·马卡里耶夫娜到基辅去朝圣，而这个马特廖娜·马卡里耶夫娜是所有莫斯科女疯僧的圣母，更何况那次朝圣非同寻常，从某一点来看十分惊人。您想想看，这个马特廖娜·马卡里耶夫娜在基辅搜罗了整整一百个从外貌到内心都丑到极点的疯男傻女，并且把他们带到莫斯科去！他们手持各种各样的棍棒，身穿符合他们的身份的衣服，一路走去。这到底是一帮什么人啊，我的先生，连想一想都让人毛发竖立！

画完这幅图，我也就暂时打住。我想，头一次讲这么多可以了。我只再补充一个——丹尼卢什卡·科洛缅斯基，他出身于一个富裕而家规很严的、笃信宗教的家庭，父亲是铁杆分裂派②，读死书，狂信教。他是这位父亲的独生子，还在少年

---

① "库维罗克"的同根动词的意思是"翻滚"。
② 分裂派是俄罗斯历史上与官方教会对立的一个教派，受到残酷镇压。

时代就成了一个疯僧,留起长发——请注意这种偏爱女发的奇怪的特点!他不穿长裤而穿一件女式长衬衫——又是女式的!并且贪财到疯狂的程度,迷上了以趾骨赌钱的游戏和逢葬礼去死人跟前跳舞。他长得非常美,是一种阴郁的东方美,眼睛高度近视,以至于人人都叫他"瞎女"……他玩趾骨的本事大极了,很快就因此闻名全县,谁也不是他的对手:哪怕让他站在半俄里以外,他也能用他的长手把全部赌注一下子搂走。他靠赌靠赢发了财。他赢来的趾骨整袋整袋的堆着,他玩趾骨用过的棒,连这种游戏的高手行家都肯去给神父当三年雇工挣钱来向他买一根。他赌博,攒钱,做买卖,或者以货易货,把赚来的钱,包括他逢葬礼去死人跟前跳舞挣来的钱,悄悄埋在地下。这种现象也够怪的,对不对?一个身材细高、性情阴郁古怪的美男子,留一头青色的披肩发,无论冬夏(甚至在酷寒的日子)都赤脚,穿一件女式长衬衫,一天天不是赌就是到死人跟前去跳舞。他玩趾骨的时候似乎还很正常,只不过不说话,样子也跟别人不同,而一听见城郊大村或者城里有人死了,马上就赶到教堂去参加葬仪——他一头钻进教堂,在棺材前面疯舞,舞到几乎要跌倒在地的程度。这还不算!他听说谢苗·米特里奇死了,甚至跑到莫斯科去——您大概听说过谢苗·米特里奇在疯僧当中是个什么人物吧?——也是为了"跳舞送他进天国",并且让大为震惊的人们给他的钱财把他的袋子撑得更满。他那个袋子一直挂在他的胸前,您可以想象,在他疯狂地蹦跳的时候,那袋子里的铜板会发出什么样的声响!

您知道最后他是怎么死的吗?他放火烧教堂,因此被他的同胞们凶残地撕成了碎片。城郊大村里早就有怪事:火灾越来越频繁,原因不明。后来发现是丹尼卢什卡干的,他有了新的嗜好,就是放火。从此夜夜有火灾发生,而且总是他第一个到现场,跳着舞飞奔而至。他临死的时候供认:

"我想顺风放一把火把科洛姆纳烧光,跳舞送它进天国……"

(1924年6月27日)

灰 兔

搅雪风刮得伸手不见五指，窗玻璃上糊满了新下的雪花，屋里是白色的雪光。四壁之外不停地、单调地喧嚣着，屋前小花园里那棵老树的一根碰着屋顶的粗枝每隔一段时间就单调地嘎嘎作响，像是在呻吟。每当搅雪风大作的时候，我都会特别欣喜地感觉到古时候的情景，感觉到家的舒适。

外室的门砰的一声响，听得出是彼佳打猎回来了，在那里跺脚，把毡靴上的雪跺掉，然后脚步轻软地经过大客厅回他的房间去。我起身走进外室。他打到猎物了吗？

打到了。

外室的长板凳上有一只沾满白雪的灰兔，伸直了身子，前脚向前，后脚向后。我看着它，又惊又喜地碰碰它。

这只兔子的脑门大，一双大而突出的玻璃似的眼睛向后看着，眼睛里还闪着金光，一点也不像死兔的眼睛，而像活着的时候一样毫无意识地闪光。

但是它的沉重的身躯已经硬得像石头一样，并且冰凉。

它的长满硬毛的绷直了的四肢也硬得像石头一样。小尾巴紧紧地卷成一团灰褐色的毛。像猫胡须一样的硬须上，裂成两半的上唇上，都有凝血。

奇怪呀，太奇怪啦！

一小时以前，仅仅一小时以前，它还能牵动这些长须，它还贴着这两只长耳朵，警惕地把里面闪着金光的玻璃似的眼珠向背后望去；它还躺在野外一个雪堆下面的冻土洞里，以它的体温烘暖了那个洞，怡然自得地任狂风暴雪在它四周肆虐，用雪把它掩埋起来。突然间，一只狗发现了它，把它叼了出来，它急忙逃窜，那种让人头晕目眩的快速的美是任何人类的语言无法描述的。当它被一声枪响吓破了胆的时候，它的心脏跳得多么热烈、多么疯狂啊！它的奔跑陡然中断，彼佳紧紧抓住它的两只耳朵，最后它突然感觉到一把深深刺进它的喉管的刀子像烈火一样，它的回答是一声尖利的、婴儿般的嚎叫……

没有语言能表达它的光滑的皮毛，它的硬得像石头一样的躯体，我自己，还有外室那扇糊满新下的雪花的冰冷的玻璃窗，以及满屋的苍白雪光给予我的那种莫名其妙的快感。

（1924年8月19日）

书

我躺在打谷场上的麦秸垛里看书,看了许久,忽然产生一种愤懑情绪。我又是一大早捧起一本书看!天天如此,从小如此!我在一个非现实的世界里,在许多从来不曾存在过的虚构的人物中间过了半辈子,把他们的遭遇,他们的快乐和悲哀,当成我自己的一样为之激动,永远把我自己与亚伯拉罕和以撒,佩拉斯吉人和伊特鲁斯坎人,苏格拉底和恺撒大帝,哈姆莱特和但丁,格雷特亨和恰茨基,索巴凯维奇和奥菲莉娅,毕巧林和纳塔莎·罗斯托娃绑在一起!现在如何认识我在人世间的这些真实的和虚构的旅伴?如何区分他们,又如何鉴定他们影响我的程度呢?

我看书,我生活在别人的虚构中,可是田野、庄园、村子、农民、马匹、苍蝇、蜜蜂、小鸟、浮云都过着自己的真实的生活。于是我忽然感觉到了这一点,觉悟到书的迷惑性,便把书扔在麦秸上,用一种新的眼光惊奇而又快乐地环顾四周,敏锐地看到、听到、闻到,主要是感觉到一种格外普通,同时也格外复杂的东西，一种为生活和我本身所具有，可又是书本里从来写得不是那么回事的深刻的、美妙的、无法形容的东西。

我看书的时候，大自然中正悄悄地发生着种种变化：刚才还阳光明媚、喜气洋洋，此刻却阴晦了、沉寂了。天上的白云和黑云一点点地聚集拢来，有的地方，尤其是南边，还很明亮美丽，然而西边，在村子以外，柳丛后面，却有了雨云，颜色发青，令人不快。可以闻到从远处飘来的原野上的雨的温暖柔和气息。园子里只有一只黄鹂在鸣唱。

一个农民沿着打谷场和园子之间的干燥的紫色小路从墓地归来。他扛着一把闪着白光的铁锹，铁锹上还带有青黑色的泥土。他的面孔显得年轻开朗，帽子推到了后脑勺上，额头冒着汗。

"我在我小女儿的坟上种了一棵山梅花！"他兴致勃勃地说，"您好哇。总瞧书，总编书？"

他是幸福的。怎么讲？只因为他活在世上，就是说，他在完成一桩世界上最不可解的事业。

黄鹂在园中鸣唱，其余的声响全无，连公鸡也不叫。只有这一只鸟在鸣唱，不慌不忙地吊着花腔。它为什么唱？为谁唱？是为自己还是为这个园子、这座庄园百年来所过的这种生活呢？也许这座庄园是为了它那长笛般的歌喉活着吧？

"我在我小女儿的坟上种了一棵山梅花。"他的小女儿会知道吗？那农民以为他小女儿知道，也许他是对的。到了晚上，那农民就会把这棵山梅花忘了,那么以后花又为谁开呢?这花是一定会开的,而且会使人觉得它不是无谓地开放,却是为了某一个人,有它的用意。

"您总瞧书,总编书。"为什么要编——虚构呢?为什么要那些男女主人公?为什么写有开场和收场的小说?还永远害怕自己显得不够书卷气,不够像那些出了名的人!不过,永远沉默,不讲真正是你的而且是唯一实在的东西,最理当要求表达,要求哪怕是在文字中留下痕迹、留下形象、保存下去的东西,也使人永远痛苦!

(1924年8月20日)

大　水

> 耶和华在大水之上……
>
> ——《诗篇》①

1911 年 2 月 12 日夜，塞得港

在"永安"号上的第一夜。船长说了，我们不慌不忙地走，半个月以后才到锡兰，我在这间既大又舒适的舱室里已经感觉像主人在自己家里一样。

事情的结果正好符合我们冬天在埃及的打算：找一条这样的客轮，因为设备落后、舱位数量太有限、在各港口停泊的时间长而改为货船。"永安"号够大，虽然设备简单，年代也久了，但是干净、坚固、吃水深，公共休息室和十二间客舱都不在船尾，而在上层甲板上。除了我们占用的两间客舱以外，其余的都空着。船长例外地接受我们搭这条船的时候开玩笑地说："你

---

① 作者引用的《圣经》文字有时与通用的俄文版、中文版不一致，尽量保留作者原文。

们就像在自己的私人游艇上好了。"他还说："不过你们不得不和全体船员一起过家常日子，有什么吃什么，几乎要你们自己去打发时间，我们昼夜都忙。"我们对他说，我们就喜欢这样。

船长是个身子骨结实同时正在发福的法国人，像法国人那样自负自信，像法国人那样殷勤有礼地对我们，也像法国人那样泰然，说客气话和俏皮话的时候脸上的表情都没有变化。他的两个助手和轮机手都没有什么引人注目的地方。轮机长是个体躯庞大、小胡子丛生的黑发男人，眼睛里有一种暴怒和惊讶的神情。我想，他显然不大有头脑，容易起急也容易消气。"永安"号上的其他人员是一个厨师、厨师的两个徒弟、一个未成年的华人杂役、一个堪称美男子的听差、几个烧锅炉的工人、十来个水手。

我们在晚间正餐前上船。那顿正餐完全是家常饭菜。煮咖啡的做法也是家庭式的——不在厨房，而在餐室，自己动手，轮机长磨咖啡，大副去煮。这是标志正餐圆满结束的一项圣事。在这之后各人干各人的，有人去值班，有人去睡觉准备接班。

船上早已安静下来。停泊场也静悄悄的。半小时响一次的钟敲响了下半时——声音既安抚人又含着一丝惆怅，梆——梆，梆——梆，十点钟了。我在挨着公共休息室的三间舱室当中挑选了一间，因为上层甲板的舱室小些，到了热带地区会热些。我那间舱室宽大，东西都很牢靠，古色古香的。这里甚至有一张真正的写字台,很重,固定在舱壁上,写字台上还有一盏带绿灯罩的电灯。这宁静的灯光多么好,通过栅栏形的百叶窗泻进敞开的窗户里来的夜间空气多么清新,这纯净简朴的幸福使我感到多么幸福啊!

一幅保存在发黑的银框中的苏兹达尔古圣像已经挂在了我这舱室里的床头,我无论到什么地方都带着它,它是以使我充满柔情和虔敬心的纽带把我与我的家族,我的摇篮和我的童年所在的世界联系在一起的圣物。"你的道在海洋里,你的路在大水中,你的足迹无人知晓……"①此刻我心中充满感恩之情,因为这电灯,因为这寂静,因为我活着,我在漫游,我在爱,我欢喜,我崇拜那冥冥中在我的条条道路上大慈大悲地保佑着我的,现在我躺下是为了醒来的时候已经在旅途中了。我的生活是战战兢兢而又欢欢喜喜地参与永恒的和须臾的,近的和远的,一切时代和一切国家的,以及我如此热爱的大地上曾经存在过和现在存在着的一切生活。上帝呀,延长我在地上的时日吧!

2月13日,苏伊士运河

我没有听见如何起锚,开船的时间比预计的早,远在天亮

---

① 出处不详。

以前，当时我还在酣睡。后来上头有金属声把我吵醒，原来是轮舵的链条在上层甲板上一会儿向前一会儿向后地爬来爬去，因为运河弯弯曲曲，不得不曲折前进。然而正是这金属声催人入梦，声音的单调和你已经上路的感觉使你瞌睡。

今天多云，天空不明朗，风很大，但是温和。午前我们已经离开塞得港很远了，处在完全没有生命、从来没有人居住的国度。我们向左望，好长时间都能隐约看见远方西乃山①的峰顶高耸入沙漠与天空的混浊中，一整天我都在它的庄严神圣的旗帜下度过，感觉到它的近，它那旧约时代的，同时又是永恒的权威，永恒的是："我是耶和华你的上帝……当纪念安息日……当孝敬父母……不可害人……不可贪恋人所有的……"②

我在上层甲板上踱步，或者坐着，看书，浮想联翩，而这一切的背后都有西乃山在。我望着右面如在雾中的沙漠，望着埃及那边，望着前方的黄沙，而我时刻感觉到的却是那个古老、永恒得惊心动魄的形象③，它以自己的仿佛悬挂在浑浊的空中和淡红色雾气之上的庞大躯体一直在左面从阿拉伯那个方向伴送着我们；它像一切伟大的东西一样，既使人畏惧，又使人兴

---

① 见第 131 页注②。
② 这是耶和华在西乃山上为以色列人定下的"十诫"的一部分，见《圣经·旧约·出埃及记》第二十章。
③ 原文中这个单词的首字母大写。

奋。难道这座山和大地上的所有其他山一样吗？数千年来在大地上诞生的数不清的人，从婴儿时代起就知道西乃山，从跨过生活的第一道门槛直到入土，一直生活（无论顺从地还是桀骜地，罪恶地还是圣洁地）在西乃山"十诫"的权威之下。这真是人类的不可动摇的灯塔，人类生存的支柱和基石，法度的祭坛，违反它们必受惩罚！

想到这不可动摇性，想到亿万人都负有的崇敬西乃山石板①的最神圣的责任所产生的人与人之间的纽带，我心中感到极大的安慰。是啊，使人人平等、万众一心的圣训：崇敬西乃山石板，几千年来由一个世纪传到下一个世纪，由一小时传到下一小时，由一颗心传给另一颗心。人类有多少次起来反对"十诫"，狂妄地要求修改，因为庆祝新的戒律订立引发血腥的争战，围着金牛犊和铁牛犊②亵渎地狂舞！又有多少次人类羞愧地、绝望地确信自己完全无力用新的真理替代那个像世界一样古老而又质朴到原始程度的真理，那个在雷鸣电闪中由矗立在这片原始而永恒的荒漠上的怪石嶙峋的西乃山山顶下达的真理！

我坐着，望着……夏季的风强劲地迎面吹来，不时被一团团不断汇合的浮云遮住的太阳热烘烘地烤着我，烤着干燥的白色甲板。风带来看不见的极细的黄沙，渐渐把沙堆从一个地方

---

① 指摩西当年在西乃山上接受的有上帝写下的"十诫"的石板。
② 指拜异教神的偶像，实际上是指拜物，可参见《圣经·旧约·出埃及记》。

移到另一个地方，同时以毫无目的的努力和固执把沙吹来填埋运河，从前它也像这样填埋过法老王的许多早已消失、不为我们所知的运河。苏伊士运河弯弯曲曲，因为太阳时而走进云层中，时而放射出耀眼的欢快光芒，绿色的河水时暗时亮。沿岸沙丘上种植的满被黄沙的灌木慢慢向船后移动。世界无限的空，四周连一个活物、一处人家也没有，只有零零星星的几间看守所的土坯房，在一大片四面被沙堆紧紧包围的灰黄色沙海上显得极其孤单。然而全人类的精神，几千年的精神却似乎与我同在，在我的灵魂中。"不可贪恋人的房屋，也不可贪恋人的妻子、仆婢、牛驴……"①我深受感动。多么纯朴的牧人语言啊！可又多么使人感动，使人欣喜——人类把"十诫"的古老、纯朴的形式原封不动地保存至今！我们想不到，"十诫"的古老、一成不变、不依世事变迁而转移，竟然有这么大的神秘的影响力。这股力量冲破时间、地点、民族的障碍，只用一种语言——阿拉伯语——向说一切语言的人说话；多少千年以来，亿万不同种族人的灵魂，一开始在地上生存就用婴儿的声音告诫自己和别人遵守一切人都同样必须遵守的西乃山法度，都这样说：不可贪恋人的仆婢、牛驴。

我坐着并且想：世上毕竟有一种不可动摇的神圣的东西。

---

① 引自"十诫"。

这庞大的人群无论迷失方向多少次，依然奋力向前，奔向上帝应许的一片福地。在这庞大的人群中，在五花八门、喧闹扰攘的驻地（虽然位于水深火热的低处，毕竟在某些至高处的脚下）过着琐碎的日常生活，占上风的是人的鄙陋，人的软弱、轻狂、恶意、嫉妒；在这群人当中，许多被上帝拣选的人、先知、智者不止一次面对人的肮脏行为吓得发抖，气得摔碎了写有人与上帝之间在西乃山上约定的戒条的石板，后来还是一再拾起碎片，重树这些律例，因为从黯淡了西乃山山顶的烟雾和密云中一次又一次还是那使人畏惧、同时又使人得到安慰，给人指出得救之路的声音说：

"我向埃及人所行的事（为惩罚他们的恶），你们都看见了，且看见我,如鹰将你们背在翅膀上（我的永恒威力的翅膀）……我要在密云和闪电中临到（因为我的真理的祭坛被弄得黯淡无光，我的心震怒）：叫百姓听见我说话，并且永远相信……"①

《圣经》里就是这样说的：永远。永远应当是我们的信仰和我们的法规的典章，用词像婴儿的语言一样贫乏，而它们的力量正在于此。它们像牧人的语言一样简朴，而它们的永恒性就在这简朴之中，好比这天空（不过是呈蓝色的空气）的永恒，这大地（不过是黄沙和石头）的永恒。

---

① 参见《圣经·旧约·出埃及记》第十九章。括号里的话完全是作者本人的。

"当孝敬父母"——看上去还有什么比这语言更简单更贫乏啊？然而即使太阳偏离自己的轨道，这句话也不会失去叫人无条件服从的力量和神圣性，因为被生下的人对生下他的人，对他还软弱、无力自己保护自己的时候以全部爱的力量把他保存下来的人的感情，永远神圣。"十诫"中这最温情的一条真的那么简单吗？它说，"当孝敬父母，"又补充说，"使你的日子在耶和华你上帝所赐你的地上，得以长久。"① 为什么在这里要补充得以长久的话？这话的含义是什么？是上帝对孝敬的奖赏吗？不是。这条诫命的含义还要深得多。它的意思是：对纽带的感觉（不可能有不受尊重的纽带），感觉与生下你的人、与你的先人的生命同源，这种感觉扩大了你个人的短暂的生命；尊重他们，向承担了生活重负、存在②这一圣事，以及对你的爱的父辈尽儿子的孝道，就是尊重自己——一个同他们一模一样的实体，因为你是他们产下的果；如果你希求自己得到尊重，你就要尊重那结果的树，因为好果子不可能来自一棵坏树；同一生命神秘地游历过我们的躯体，你要努力去感触这同一性并且崇敬它，其中包含着你的不朽（长久）和自我肯定。

那么关于财物的诫命呢？"不可贪恋人的房屋，也不可贪

---

① 见《圣经·旧约·出埃及记》第二十章第十二节。
② 原文中这个单词的首字母大写。

恋人的妻子、仆婢、牛驴,并他一切所有的……"这道理好像又那么简单,主要是,会引起争论!不可贪恋!可是我贪恋,而且有极其充分的根据:"私有是盗窃,我无论如何看不出它有什么神圣之处!"①其实这条西乃山诫命只是看上去简单,容易引起争论。只要稍微多想一想就能理解这条诫命的永恒性和深度。无论人出于愚昧、嫉妒说出多少狂妄的话,他人所有的——并非总是偶然得到的,通常以他的一生为代价,甚至以他的整个家族的生命为代价——确实是神圣的。因此,他人的父亲种下的棕榈树更是加倍神圣,无论如何不能共有;他人的祖父掘的井是神圣的,因为那井保存着祖父的身体、祖父的劳动、祖父的思想、祖父的灵魂的一部分,也就是保存着祖父在世生命的某种不朽,某种延续;老屋是神圣的,他人在其中生活过,并且想按自己的方式,保持自己的个性、自己的特征和自己的栖身处的全部奥秘继续生活下去,在那里他常常感触到、回忆起(也就是重现)过去的自己,时而是幼儿,时而是少年,时而是青年,时而是壮年,连同他当时的一切悲伤和快乐,此外,还感觉到他是一个继承人,正延续着他的老屋所在的地方已经建成的一切传统,全部文化……什么样的鲜血能够洗去外人对一个人的这份"所有",这个至圣所的入侵啊!

---

① 作者不准确地引用了法国无政府主义理论家蒲鲁东(1809—1865)所著《什么是私有财产?》中的话。

2月14日，红海

昨天，天刚黑下来，"永安"号的上层前甲板上就挂起了一盏大电灯，完全是个太阳，把它那耀眼的白光远远地投到前方的黑暗中。"永安"号仿佛一头鲸鱼游进了河里，在弯弯曲曲的运河水道中艰难地前行，警惕地看着路上的一切——浑浊的水、近岸的一层层深褐色淤泥、夹杂着许多黄沙的灌木丛、看守所旁边的小船、穿着长长的衬衫蹲在船尾的赤脚阿拉伯农妇的身影……这淤泥，这些阿拉伯黄沙，这些原始人，又使我想起旧约时代的暗昧不明的生活，然而前方不时有迎面来的轮船的探照灯穿透黑乎乎的地平线。有一次"永安"号甚至停止前行，颇不灵活地向岸边靠，让一艘像一座水上城似的大船过去。这条大船向我们逼近，让它的像燃烧的磁石般的太阳射出既宽又极为刺眼的紫色光，后来把我们完全浸入那日光中，带着它的多层楼舱、高耸的桅杆、黑色烟囱、一扇扇被金黄色灯光照亮的舷窗和敞开的门（门内是一间间挤满人的大厅，奏着正餐后的音乐）喧哗着驶过去……这景象对于西乃的黄沙真是太怪诞了！

等到我们重新被黑暗包围，我看了看天空。风停了，天空明净，由于出现许多一级大星星而显得阴沉和庄严。

十一点多，黑暗中隐约可见河道渐渐宽起来，空气也有了变化，湿度在增加，像海上的，感觉到四周只有水，前方远远地有苏伊士港停泊场的零星灯火……

我一觉醒来已经在红海上。夜间又起风了，掀起那样大的波涛，刚才我到公共休息室去喝咖啡的时候看见里面昏暗得奇怪，原来开向上层前甲板的舷窗全都关得紧紧的，从前方扑过来的海浪太大了。

甲板上亮得炫目。风在缆绳间呼啸。空气中充满水的清新气息，但是夹着高高的太阳送下来的炎热。整个海面只见起伏的山峦和沟壑，峰顶涌起水花。风撕扯着水花，白色的水花有时飞到甲板上来，又迅速从光滑的平板上流去，闪着耀眼的银光。"永安"号向着洒满阳光的大海慢慢地俯首前行，迎面而来的大海是既崎岖又光明的平川。有一些奇怪的灰色小鸟扇着带黑边的圆圆的小翅膀沿着缆绳和船舷的栏杆飞来飞去。它们从哪里来？世上还有多少各种各样的生灵是我们不知道也从来不去想的啊！

我跟在这些小鸟后面，在时而倒向这一侧，时而倒向那一侧的轮船上走了许久，不无寻机捕捉之意。它们让我靠得很近，然而到底觉察到我的意图，害怕得飞开去。一只小鸟停下来，用一只小黑眼睛一动不动地看着你，心想：你是什么人，想拿我怎么样？你多迈一步，它立刻噗的一声飞走，已经到了高高的横桁上。任何生灵都不信赖另一生灵！而且不无根据……

中饭的钟敲响了。阳光强烈而炎热,大海渐渐平静下来,风小了。

2月15日

昨天一天变化特别大,几乎每小时都有变化。对于我,一个全新世界的永远光照充足的夏天已经降临,它述说着早已被我们遗忘的乐园的怡然忘忧的生活。向晚时分我们都不得不穿一身白,平添一种节日气氛。风完全停了,大海平平静静,总之,按水手们的话说,没事了,直到返回地中海我们都要过这种平静、快乐、晴朗得单调的生活。

晚上船长祝贺我们进入热带。这条秘藏在我心中、让我魂牵梦系的纬线终于让我越过。我们在船尾逗留了很长时间。螺旋桨划出的痕迹似乎在燃烧,沸腾的水沫中浮动着千万颗蓝色星星,不时有一碟一碟的火焰出现,然后化为青烟。

睡觉已经感到闷热。电扇在舱室里热烘烘的黑暗中发出均匀的嗡嗡声,它吹来的风只不过给人一点慰藉而已。

今天早晨更热。我六点钟被水声吵醒——水手们总是在这个时候"冲洗"甲板,用水龙带里的水浇,用拖把擦。这夹着清爽的水声的噪音,在炎热和强光(我还在床上就感觉到它们的存在)中听起来很舒服。

接着下层甲板上就拉起了白色的帆布凉棚——一切就绪。

现在已经是一片热带景象：凉棚下淡淡的炎热的阴影，水手的白衣白鞋白盔形帽的刺目银光，还有他们的吓人的墨镜。

我们也过起热带生活来——无忧无虑的闲散，躺在甲板上透光的阴影中的长藤椅上。我们望着船舷和凉棚之间的炫目天空的明亮空处，船舷的栅栏露出的海水使我们惊喜。这是透明的宝石，是绿宝石的熔合物，透明中有如烟的绿色沉淀。这熔合物在流动，在摇晃，时而生出尖尖的山脊，沸腾了，带着使人心荡神怡的巨大声响。厨师是比利牛斯山区人，他在厨房一面工作一面唱歌，有时唱得很高，音色好听极了。他的歌含着甜蜜的感伤，唱的是在这个上帝创造的光辉灿烂的世界上生活、恋爱、梦想多幸福啊……

正餐之后我们在上面船长的大舱室里闲坐。他带我们参观了领航室，给我们看天球仪，指出我们已经可以看见的一些南方的新星。

夜

一点多钟了。我睡不着，觉得自己是这样幸福。

我躺在黑暗中，回忆领航室，想到舵手。他现在还笔直地稳稳地站在那里，在上面，一身水手服在昏暗中发白；他握着舵轮的尖角，望着舵轮前面由一盏放得很低的带黑灯罩的电灯神秘地照着的大铜盘，铜盘上有一根磁针就像有生命似的颤抖着,一面颤抖一面慢慢移动……现在,与摇晃着操纵着那根磁针的不可思议的神力相关联、为我们指引海路的这个人,才真正是身居高位者!

我躺在黑暗中思索,兴奋而激动,风不断地吹进舱室,吹进敞开的舷窗和敞开的舱室门,下面什么地方似乎有一颗巨大的心脏在跳动,不断地从轮船两边飞过去的海浪的轰鸣声有节律地时高时低。

2月16日

下午两点经过杰贝勒泰尔岛。它一点也不像地中海的岛屿。地中海岛屿的轮廓总是呈波浪形,很柔和,而且笼罩在淡蓝色或者柔和的天青色雾霭中。这杰贝勒泰尔岛线条十分清晰,赤裸裸的,四面都像用斧子砍过。它的颜色对于我也很新鲜——驼色。

日落前左面出现一些小岛,相互隔得很远。靠近我们的几个小岛被太阳直晒着,但是光线柔和,上面的石灰岩斜坡闪着带有黄、粉色调的白光;远处的那一个,也是这些小岛中最大的一个,又是驼色的。这些小岛被称为"十二圣使徒"。海水一直平稳地、缓缓地摇着我们。

六点,太阳刚落下去,我就看见自己头顶上端,桅杆上端,在大得可怕而且还很亮的天上撒出了猎户星座的点点银星。白天的猎户星座！我该如何感谢上帝赐予我这一切——这一切快乐和新鲜的感受！难道有一天我已经感到如此亲切、习惯、可贵的一切会一下子被剥夺，一下子，而且是永远地（无论地上还有多少千年）被剥夺吗？怎能相信这一点，怎能安于此？怎能理解这其中包含的全部摄人心魄的残酷与荒谬啊？任何一个人的心灵无论如何都会暗暗地不相信这一点。那么终生对我们紧追不舍的痛苦，为每一天、每一小时、每一刻不可复返地逝去而感受到的痛苦，又从何而来呢？

正餐席上——人的无谓的空忙。"他们以为他们的房屋永久存在,他们的居所代代相传……"[①]谈话从俄罗斯开始。当然，不久话题就转到"沙皇制"上面，因为在欧洲人看来，它是整个俄罗斯的形象，像谜一样费解，甚至可怕；又谈到对日战争和这场战争的结果引发的大转变，接着谈到与大转变同时发生的事件，最后谈到一般性的问题：议会制和专制制度，保守派，社会不平等现象，私有制。于是，可想而知，争论得面红耳赤。

船长原来是个死硬的私有派，大副比较温和，然而是船长的坚定的同道。小个子、黑眼睛、像意大利南方人的二副是个凶恶厉害的社会主义者。轮机长总的来说是革命派，像放机关枪一样夸夸其谈——他个子大，皮肤黑，小胡子丛生，像要吞

---

① 出处不详。

下船长似的盯着船长拼命摇咖啡磨的把手,有力地宣讲着。

二副不甘落后,轮机长说话的时候他也抢着说,声音细而单调,也以他的像蛇眼一样险恶的纯黑眼睛盯着船长。船长以傲慢、鄙夷的目光看看二副,再看看轮机长,心里十分清楚,这两个社会主义者怕他,尽管他们有明摆着的独立地位,有一切自由——法国公民因此似乎就可以想说什么说什么。船长没有错,他一开口,其他人就闭上了嘴,听他不慌不忙地扔给他们几句简短的教训。

船长慢慢喝完最后一滴、也是最甜的一滴咖啡,规规矩矩戴上帽子,像个吃得饱饱的并且在各方面都自满自足的强者一样站起身来,以随随便便的礼貌喃喃地说了一句通常说的客气话,就走出了餐厅。轮机长以一双狂怒的公猫的眼睛目送他出去,同时挺不自然地低声说了一句:

"哼,老反革命!"

2月17日

早晨我们经过丕林岛。

现在是中饭后,我们航行在离地势低、荒芜、呈大象的灰色的非洲海岸很近的地方。可以看见奥博克。往前,在阳光强烈得竟至雾气腾腾的极远的地方,是高耸入云的阿比西尼亚山脉的热气蒸腾的模糊幻影。我躺在甲板上的藤椅上,在凉棚下面既亮又闷热的阴影中。船外海水奔腾着,闪闪发光,然而那闪光没有光泽。我从凉棚下望去,太阳烤得厉害,也没有光泽,远方神秘的群山似乎同样没有光泽,隐约可以看见一些乌云……这一切包含着一种巨大的哀愁。这哀愁从何而来呢?是因为模糊地想到那些被命运抛到消失在神秘非洲的光照强烈、炎热难耐的海岸上从来没有人居住的沙漠中一小块荒凉土地上的这个无限孤独的小要塞里的人吗?

下午四点钟,我们停在吉布提对面离开吉布提相当远的停泊场。海湾宽阔,海水是绿色的。左面,远远地,在一列礁石之外,海水的绿色陡然一刀切变成了蓝色,那边就是印度洋了。前方,在地势低的沿岸地带,有一座白色小城,是法国驻毛里塔尼亚总督公署。我站在上层甲板上望着它,忽然看见几条深深浸入绿色海水中的狭长而色暗的独木舟飞快地向我们的轮船划来,舟中竖着干瘦赤裸的黑色身躯和灰色头发。几分钟以后就有一群我从来没有见过的人,是我小时候在书上读到过的真正的"野人",站在"永安"号的甲板上。他们个子高,皮肤呈黑巧克力色,肩膀和臀部都很窄,看上去很干枯,然而有丝光。他们是索马里人,据说直到现在他们也不反对吃人。他们的牙齿都闪闪发光,头上高耸着微黄的鬈发——他们有让头发褪色的风俗,脖子长得惊人,从侧面看有点像山羊。有几个人拿着一人高的弓。

我望着他们的裸体，体验到一种奇怪的，甚至像羞涩的、乐园的（的确就是乐园的）感觉。

索马里人一直工作到日落——从吉布提来了一驳船煤，他们把煤从驳船上搬到我们轮船的底舱去。接近日落时分驳船就空了。每一个索马里人拿到一个长形白面包、一纸袋椰枣。他们在驳船上坐下来休息，吃晚饭，有一个站在船尾按照穆斯林的方式祈祷。我好像从来没有见过这样的祈祷——为了生活、为了一天的劳动、为了这个白面包和一小把椰枣如此热烈地感谢上帝！

2月18日

我们乘船去吉布提。划船的人赤身露体，独木舟里的人也都赤身露体。独木舟深深浸入温暖的水中，水几乎到了船边，一个赤身露体的人用一支桨划着，腰部以上矗立在独木舟之上。强烈的、活生生的原始、温暖、乐园感再一次涌上我的心头。

吉布提是一座小城，还新，却像被上帝遗忘了一样荒凉。商店像我们县城里的。我们走到郊区，那里只有简陋的茅舍，垃圾和粪堆上的苍蝇，炎热，集市。再往前走就是黄沙，百分之百的荒漠，一群索马里人完全按自己的方式在那里生活，带有原始的野性。只见帐篷、山羊、赤身露体的黑孩子，当然，还有粪便污物……龌龊吗？不，虽然按原始方式，按古代方式生活是可怕的，不过现实既然如此，也就产生了完全不同的感觉，是一种提升了而又几乎令人毛骨悚然的感觉。这种半动物式的生活延续了千千万万年。支配着它的是不为我们所知的上帝的意图。在这肮脏的人类巢穴中，在这太初的荒原上，千万年来生、死、欲、乐、苦不断……为了什么呢？没有一点意义是不可能存在并且延续下来的。

毕竟有一种巨大的哀愁、巨大的无望笼罩着这种荒凉贫瘠的人类的生活。

2月19日

已经在印度洋中了。有一种十分特殊的感觉，那就是无限自由。

因为刮季风，凉爽了一些，轮船整天横摇着。

夜间又去领航室，看我们这条航线的地图，我们的航线一直向东。后来到上层甲板上。四分之一大的月亮高悬在天上，十分明亮，从右侧看去是真正的月夜。猎户星座的群星散布在天顶。南十字星座在南边几乎空无一物的广大空间，我望着它，忽然想起但丁说过："南十字星座照着天堂门口。"左边墨蓝色的天上低低地挂着银色的大熊星座，那下面，几乎到了地平线上，北极星闪着忧郁的白光。东边天上有一颗很大的美丽的星星，像是给风吹得大起来，闪着均匀而强烈的红色火光。我们的船就是向着这颗星走去。

2月20日

轻松愉快的一天，有风。

正午有船迎面而来：远远地，在闪光的大浪中有一条驳船平稳舒缓地起伏着。船长说，这是从波斯湾来的阿拉伯人，他们按照古代的习俗，乘坐这种不结实的单桅帆船远航，随身只带大米和淡水。想到这些阿拉伯人，我不由得赞叹，他们是另一个遥远的、贫乏单纯得怡然忘忧的时代的人，让我们十分庆幸的是，今天大地上还有这样的人存在！

我在甲板上久久地踱步，心情格外轻松，拂面而来的风使我快意。后来我坚决地走回我的舱室，解开我们整个冬季在埃及怀着厌恶的心情从一家饭店拖到另一家饭店的塞满书的箱子，匆匆挑出看过的和不值得看的。挑完以后，就把这些书扔到船外去。望着一本书飞出去的时候如何翻开来，平平地落到海浪上，摇摆几下，浸湿了，向后漂去，永远进入海洋的怀抱，我大大舒了一口气。当它安然待在奥廖尔乡下的时候，哪里想得到会来到开罗，来到尼罗河河滩，来到红海，最后在印度洋终了一生！地上任何一物的命运都是惊人地不可知，惊人地充满偶然性。比如我，难道我能确信我会看到锡兰，会回到俄罗斯吗？说不定明天、后天我的尸体同样会被扔进这些海浪中……类似的想法终生萦绕在我心头是不无原因的。我就是那种看到摇篮不能不想到坟墓的人。我不断地想,我们的存在——每秒钟都系于一发——实在太奇妙也太可怕了!现在我活着,我健康,可是谁又知道一秒钟之后我的心脏会发生什么事情?我的心脏像任何人的心脏一样,就其构造的奥秘和精微而言,是一种独一无二的东西。我的幸福,我的平安,亦即我心爱、我看得远远重于自己的那些人的生命和健康,也是系在这样的一根头发上啊……这一切为什么要这样,目的何在?

我扔了几本书并且平静下来以后,好像是做了一件非常必要的事情,此后一切都一定会好得多。我在甲板上望着从四面默然包围着我们的"大水"的空无一物的空间,心里一直想着那个问题:为什么要这样,目的何在?就在上帝的这种虽然难以领悟却绝对不可能毫无意义的默然不答之中,我找到了神圣的怡然忘忧精神。船长走过,正好我膝头上搁着莫泊桑的《在水上》,我就问他知不知道这本书,喜欢不喜欢。船长说:

"啊,不错,很可爱。"

在另一种情况下,这样的回答大概会让我觉得太不像话。可是这时候我想的是,他采取这种宽容的敷衍态度也许完全正确。小得不足为道的文学小圈子里的人夸大这个圈子对于无可厚非地只知道《圣经》《可兰经》《吠陀经》的广大人类世界所过的日常生活的意义是多么可笑啊!

"为什么要这样,目的何在?"对于我们刚刚遇到的阿拉伯人这个问题并不存在,他们只知道从古到今"服从引路人"……

夜

我拧亮了台灯,它透过绿色灯罩多么使人安心地照着这间舱室啊!我在桌边坐下来,感觉到,桌子慢慢移动着从我手底下走开,地板慢慢下沉,沉入到我身子下面起伏的无底的力量中去,四壁慢慢倾斜,门帘左右摆动……

九点钟我在船头。迎面吹来的风非常强劲,又让人觉得非常舒服。风大得使我向前瞭望的眼睛发花。前方的海洋一片黑暗,天空十分洁净,空无一物,又只有一颗让人毛骨悚然的大星低低地挂在天边,血光四溢。船尾后面,远远地,月亮,像切下来的一片金黄色的面包,几乎躺在水上,它的略带粉红色的光辉不停地随着粼粼水波泛开。

十点半钟我再一次到那里去,再一次向后望。那一片月亮黯淡了,正在死去,整个画面变得那么悲戚。黑得油亮油亮的海浪群山似的从轮船两侧过去,山脊扬起闪光的绿色水花。船尾后面很远的海面上泛着一片红金色的光,已经变浓,没有光泽,有许多黑色的坑洼,整个都在运动,仿佛充斥着种种活物,种种夜间的海怪……

现在轮船颠簸得无法写字了。我躺下,整夜都会像睡在摇篮里一样……

2月22日

昨天和今天阳光都很耀眼，但是风那么大，缆绳间的啸声那么响，浪那么高，弄得我们站也站不住，走也走不稳……中饭、正餐虽然特别热闹，却不容易吃进嘴里。我们的罗圈腿杂役表现出中国人的不可思议的灵活，他以下蹲的舞姿从厨房到餐厅飞快地跑进跑出，给我们上菜撤盘。

现在风小一点了。听说到晚上就会风平浪静。

2月23日

的确，一切又恢复正常。

我们重又看到欢快的烈日，平静的大海，船上的一尘不染，门窗全部敞开，舱室都空着——人人都在工作，各就各位，我们独自待在一边，真像是在自己的私人游艇上。水手们一上午都在唱歌，那么使人惆怅！而使我们感到如此甜蜜幸福的是这阳光灿烂的早晨，是我们的独处，是从开天辟地到世界末日都在发光的海洋，还有这歌声，也就是不为我们所知的某个遥远的他乡（布列塔尼，旺代，普罗旺斯？）的生活，心灵，连同整个法国古代和法国历史，全部传说和风俗习惯，也就是每一个民族的诗歌借以成为神圣的民族特征……

一上午都在瓜达富伊角①附近航行,可以看见远处棕色的海岸,海边的黄沙地带。这是海难史上有名的可怕的地方。可是天气好极了,让人不怎么相信。

前方出现一些喷泉。船长说是鲸鱼。后来他还说:

"瓜达富伊角附近翻船的事现在也不少见。一出事,土著人就会来抢劫沉船上的财物,把落水的人打死,然后吃掉。"

上帝宽恕,我心里有一种像高兴的情绪被牵动了。这又是我小时候惊喜地读到过的那些游记中的遥远的古代故事。

2月24日

仍旧是那单调的美。

最近几天太阳都是干净利落地沉下去的。日落前总是满天金光闪闪,接着与太阳那个大红球一起变红,那大红球一接触到地平线就拉长一点,变成火红色的总主教头上的法冠。

今天一天都有浮云飘移,太阳像暴风雨前那样烤人,陆地,也就是印度,近了。五点钟的时候,即将落下去的太阳上端的满天极轻极薄的云简直就像伊甸园的云彩,美得无法比拟。

现在已经入夜,九点钟了。我在船尾。那里有干草气味,围栏中站着几头牛。明天早晨它们当中的一头要被宰杀。这是

---

① 即阿赛尔角。

它的最后一夜！真让人难以置信，然而事实就是如此。真的如此吗？也许这只是它在地上的最后一夜吧？连牛的死亡我的心也不肯相信……

夜色美极了，天上有祥和的月亮和片片白云，几颗星在其间疏疏落落地散布着，更显美丽。如果没有这个天狼星的孪生兄弟（它的红色闪光更亮些），那就完全像我们奥廖尔的一个夜晚了。南十字星座位置不高，偏向右方。浮云不断地在东边天上移动，像一座座威严壮丽的山岭。今天它们整天都在移动，随着季风渐渐加强，轮船的摇摆也越来越厉害。现在的波动很好，缓慢而平稳，不妨碍夜色的祥和的美（指我们头上的夜色，东边地平线上则有白色的雨云）。

我站在船尾向右边，向南，瞭望了许久。那边，在南十字星座下面的光明而空旷的天上，只有一颗星在低处眨眼。是什么星呢？明天应该问问水手。也许是半人马星座的阿尔法星吧？这一类词汇终生令我销魂，给我以神秘感！现在上帝赐予我看到这一切的巨大幸福……

牛的最后一夜总在我脑海中萦回。它必须死是为了让我能够活下去，继续欣赏这些美丽的夜晚，并且思考它的命运，惊讶它有这样的命运……我注定终生几乎无时无刻不惊讶，什么也不明白，只好以"正该如此"来说服自己。

2月25日

昨夜熄灯以后我躺了许久,在想象中看见东边地平线上的那些云山。敞开的窗外,在甲板上的凉棚投下的阴影后面,是白色的月夜,宜人的风吹进敞开的舱室门来。我想着水手们说的,从四月开始光临这个地方的暴风雨往往极其猛烈。我在半睡半醒中开始想象,那些云变得越来越壮丽,越来越黑,越来越吓人,已经闪起了电光……后来我清醒过来,没有开灯,写下了这样几行诗:

> 高空明月的温暖面庞,
> 望着下面的一片汪洋,
> 海水一波波舒缓向前,
> 不时泛起热烈的光焰。
> 层叠的云山越升越高,
> 加百列①在向天军②敬香,
> 圣障中门处香烟缭绕,
> 那香炉里正喷着火苗。

轮船还是那样缓慢而平稳地起伏着,先微微倾向这一侧,

---

① 大天使中的一位。
② 天军是众天使的集合概念。

然后再倾向另一侧，下沉的速度更慢，如此一再反复。远方的白云整天安安静静地待在东北方那个神秘的印度上空。空无一人的餐厅里有一台电风扇在屋角吹着，发出嗡嗡的声音。我一直在看书，把看过的扔到船外去。一直像这样生活下去多好！

我甚至吃惯了早上喝咖啡的时候给我们的罐头牛奶。在热烘烘的床上睡过一觉之后，洗个淋浴，穿上一身白色衣裤，神清气爽，觉得自己好像只有二十岁，带着年轻人的好胃口在餐桌旁坐下来。上午十一点钟有另一种极大的享受——闻着从厨房飘出来的中饭菜香。虽然端上桌的不过是煎鸡蛋、一种像绿葱样的东西、一种类似炖肉（多半像蜗牛）的菜……然而大小酒杯、餐巾都白得耀眼，水手们的健康肤色和凸纹布衣服，也穿一身白、长得像美男子的听差，总是不说话而一有需要就会出现的罗圈腿中国杂役脸上那含着睡意的笑容，以及船上生活的秩序，都让人高兴。下午有一顿茶点，然后就是晚间正餐——一个有条不紊的劳动日的终结……在正餐桌上水手们往往爱聊天。

奇怪的是，船长比谁都讲得好。虽然他的个性有许多令人不快的地方（比如他蔑视任何不是法国的东西），总的说来我很喜欢他，他是个心口如一的人。我还喜欢他坐在餐桌的主座上，像我们当中的身居高位者，意识到他是身居高位者，对我们有无限的权力。当然是无限的，难道在海上，在一条船上能不如此吗？在海上，在沙漠上，你无时不感觉到你头上有至高无上的力量和权威①，以及在这个世界上占主导地位的整个严格的等级制度；你尤其会感触到，在服从中，在把与自己相似的一个人（也就是自己）晋升至某一级中，包含着何等崇高的感情。

今天一整天都看到飞鱼。我们走着，它们像小麻雀一样成群地从水里飞出来，平直地向前飞去，然后散落到水里，溅起一片水花，接着再一次从水里飞出来……

今夜同昨夜一样。

夜间在我们前方的天边闪着血红的光的那颗星是室女星座的阿尔法星，它不断地眨眼，开花，又似乎在招呼我们，引诱我们越来越深地走进它那个神秘的热带国家。

那头牛已经不在世上。船尾仍旧响着海水的激溅声和喧声，仍旧有平常的干草气味，仍旧吹着夜晚的宜人的风，而那头牛已经不在了。真不可思议！

舱室里越来越热。我睡觉的时候完全像亚当一样。保存着我们，拖载着我们在这无尽头的深渊间前进的这个不可靠的东西不停地摇摆着，温和的风吹进所有敞开的门窗里来，电风扇在屋角嗡嗡地响……有时候我想象自己没有思想、没有意识、无助地睡在这间舱室里，消失在大洋中。多么可怕，可又多么

---

① 原文中这两个单词的首字母大写。

好啊！我睡着，大家都睡着，除了在上面值班的两三个为我们警惕着的无眠、无语、不动的人，而夜，永恒的、不变的夜，一切都像多少千年以前一样！夜，无法述说的美丽的夜，不知为什么存在的夜，在大洋之上放光，引领着自己的许多闪着宝石光芒的星体；而风，真正是这整个美丽而又不可思议的世界的上帝的呼吸，吹进我们如此信任地向着这夜，向着这呼吸包含的非人间的纯净敞开的所有门窗和所有心灵里。

2月26日

我睡在上层甲板上的一间舱室中，以为这里更通风，怎么也不会像下层的那样闷热，那样火烧火燎的。错了，上层更热，因为它整个暴露在阳光下，一天下来晒得如烤炉一般。

像平日一样，我六点钟醒来，听见拖把拖地、水龙带喷水的声音，立刻纵身起来。在这些阳光充足的国度可以睡得很少，眼睛刚睁开一条缝，睡意立刻消失。早晨的生活一开始我们就有希望看到新的，使人感到幸福的东西，尤其在这永远处于少年时代的上帝之乡，在这片像创始之初一样的海洋上。我拉开门帘，炎热的太阳已经升起，给人以虚假的凉爽感的水声很温馨。一些年轻健康的人在干活，他们赤着脚，露出结实的小腿肚，把晒成古铜色的上身裸到腰部，这景象煞是好看。早晨，我再一次向你问好！热带的大火球再一次滚了出来，几十万年前它也是在这个时刻滚出来,它还要像这样滚几百万年,而我连微尘都不剩了。

白天季风减弱。但是轮船摇摆的幅度更大更深,整天都像在荡秋千。

看完《在水上》。"*我看见了水、太阳、浮云,我讲不出别的东西了……*"①看完以后我就把书扔到船外去。我登上上层甲板,后来再往上,爬到船长室顶上,站在那里随着整个轮船摇摆,整个轮船就在我脚下,看得清清楚楚,从船头斜桅到船尾,包括所有的桅杆、缆绳、笨重的黑烟囱——又圆又重,大口处微微冒烟。这一切都在一起一落,一会儿倾向这边,一会儿倾向那边……我给抛到什么地方来啦!我在赤道附近!

现在是五点钟。风平浪静,摇摆着我们的是余波,海水是一片柔和的湛蓝。远处有的地方已经出现广阔的亮钢色水域。

夜

今天太阳沉没到一片耀眼的金光之中。海上依然风平浪静。四周是不透明的钢色海浪,一波接一波慢慢过去,也泛着金光。

我们从上层甲板往上攀登,登上舰桥。就在这一瞬间大海已呈略带浅蓝色调的乳白色,落霞(此刻已不那么炫目,是橙

---

① 原文为法语。

金色的）又给这无边无际的乳白色增添了一些橙色的光泽，而东方的天空却变得像血滴石一样，轮船两侧的余波有如青紫色的大蟒在慢慢蛇行。

我们连忙登上最高处，到了船长室，太阳已经隐去，东方天空呈紫色，西方天空绿了，而且逐渐出现一道道火红的橙色。我们头上的天空深不见底，有一缕缕大马士革罗纱样的浮云，呈柔和的马林果色。

再过一瞬间，一切又都变了样：东边天呈雪青色，那下面的海水呈深紫色。西边天上尽是一道道的火烧红。随着夜幕迅速降临，西边的海面也变成紫色的了，那一道道的火烧红烧得更红，像熔铁炉里闪着深红色光焰的铁水。天色黑得越来越快，落霞上端亮起了第一颗星。还不明显的小小的月亮在我们头上很高的地方越来越白，越来越有生气。我们还待了几分钟，听见正餐铃响了才往下跑，这时候月亮已经大放光彩！闪光的白银似的海水从轮船两侧流过，在月光照耀下甲板上出现了缆绳的投影……从东方有微风吹来。

在正餐席上大家都说日落的时候看见著名的绿光了。它曾经使我想象得入迷！可惜我没有看见。

后来我不停地在上层甲板上漫步，连踩着由烟囱里飞落下来的煤渣发出的脆响都给我一种快感。月亮就在我头顶上，那么高，海面上哪儿也看不到它的返照。救生艇的外罩白得那么亮，像是用银色白垩做的。从东方又有风吹来，星星亮晶晶的。"永安"号的钢铁心脏均匀有力地跳动着，我按它的心律均匀地迈着步子，山峦样的海浪也节奏均匀地在轮船两侧一起一落地向后奔去。从锅炉房里拉出的几根帆布通风管，绑在船舷三角旗后面挨着烟囱的甲板支柱上，雪白雪白的，也在摇摆和颤动，看上去像一些穿着伸开三角形袖子的寿衣的鬼怪。

2月27日

五点钟醒来——我又在上层甲板的舱室里睡了一觉。拉起门帘向外望，太阳还没有出来，可是天已经大亮。前方，越过大洋，有许多美丽的浮云，大块大块的，呈柔和的雪青色，东边天就在他们中间渐渐红起来。

正午。迎面吹来强劲的风，水手们说都是因为陆地近了。一团团的白云布满了整个天空，我们奥廖尔夏天的云就像这样！海水完全是蓝色的，泛起一片涟漪。水手们已经在准备"上岸"，一个个起劲地洗自己的衣服，上层前甲板上晾满了衬衫，袖子下垂，给风吹得鼓胀起来，就像是一些砍掉脑袋的躯体。

日暮，正餐钟敲响了。海水呈青铜色，水面上有一层流溢着红光的绿金属色。轻烟似的白云高极了，呈淡红褐色。

风，空气，所有的颜色，所有的色调，全都软而又软，柔和得美妙。

我又来到最上层，在月光下写着。海洋、天空、海天之间的空间都那么大，这天空，这月亮，这些积云又都那么高。风多么宜人，多么强劲，推着船走，使船摇摇摆摆！风，机械的轰鸣，海水的激溅——我在其中感受到真正的极乐！

醒来为了写下：

前方地平线上有一颗星喷着火焰，像一堆金色的篝火。我站在舰桥上，我是船长并且在指挥，因航行速度快而高兴，断断续续向后面的舵室下令：

"保持！"

舵室里除了舵手还有父亲和母亲，我很清楚，他们早已故去，可是仍然活着，我在梦里看到的他们从来都不是死人，我在梦里看到他们是活人从来也不吃惊。他们看着我，脸上露出温柔可爱的笑容，为我，为我的勇气而感到骄傲，这在我心里引起对他们的不寻常的柔情。他们的微笑里似乎还有这样一层朦胧的含义：愿上帝祝福你，用你应分从上帝那里得到的短暂的在世时日生活吧，享受快乐吧！

2月28日

陆地越来越近，今天多云，太阳火辣辣的，是所谓的"桑拿天"。上层甲板的凉棚下面比以往任何一天都更闷热。越来越觉得衣服多余，虽然我们已经几乎脱光了。

———————————

六点钟，我在船尾写着。落霞离我们远极了，一马平川的海面可以看到西边无限远的地方。落霞在许多美丽的丁香色浮云中间整个呈火红色，映着整个天空。

———————————

从船尾回来，准备去进正餐。呀，月亮是绿色的！我从餐厅里的一扇开向上层前甲板的窗户往外看，不错，是绿色的！柔和的绿色月亮挂在血滴石样的天上，四周是烟灰色的云，下面是有绿色闪光的大洋！波浪起伏得使"永安"号的船头翘向天空，沁人心脾的风吹进窗来。接着一切又变得如此温柔亲切，使人感受到乐园的气息，真正乐园的气息！

3月1日夜

陆地，乐园越来越近——通宵天上都有云，通宵月亮在云间放光，把云边镀成银色。

这是印度洋上的最后一夜，明天到锡兰，到科伦坡。

"你的道在海洋里，你的路在大水中，你的足迹无人知晓……"我曾经与你接近得令我感到恐惧而又甜蜜，我对你的爱是无限的，我对你的至亲的慈父怀抱坚信不疑！

我，在整个世界上仿佛孑然一身的我，最后一次从心里在这被月光照得明亮的甲板上向你跪拜。天上的云似乎有意散开了，那一轮明月从高处快乐而安详地照在我前头，往下，南十字星座的一颗颗钻石在透亮无底的南边天上静静地闪着微光。你的光明的夜享受着平静的创世以前的快乐。我该如何感谢你啊？

（1925—1926年）

青年和老年

美丽的夏日,平静的黑海。

轮船已经超载,甲板上——从船尾到前甲板挤满了人,堆满了东西。

航线很长,是环线,从克里木到高加索,到安纳托利亚沿岸,到君士坦丁堡……

烈日,蓝天,雪青色的大海。轮船没完没了地在一些人多的港口停下来,绞车震天响,有人咒骂,船长的助手们大声喊叫:往下放!往上拉!接着再一次平静下来,恢复正常,不慌不忙地沿着融化在烈日的蒸腾热气中的一带远山前行。

有凉爽的微风的头等舱的公共休息室空空的,洁净而宽敞。炽热的机器和香气扑鼻的厨房旁边,天棚下面的木板床上、锚链上、前甲板的缆绳上,却是由不同民族的甲板乘客形成的乌合之众的肮脏和拥挤。这里到处都有一股浓重的气味,忽而热烘烘的而好闻,忽而温和而令人反感,却都一样地使人激动,是一种混合着海水的清新的特别的轮船上的气味。这里有俄罗斯的农夫农妇、小俄罗斯的农夫农妇、希腊圣山的僧侣、库尔德人、格鲁吉亚人、希腊人……库尔德人是个完全不开化的民族，从早睡到晚；格鲁吉亚人一会儿唱歌，一会儿一对一对地跳舞，在向后退去的人群当中以卖弄的熟练甩开宽大的袖子按众人击掌的节拍轻快地蹦着。去巴勒斯坦朝圣的俄罗斯人不停地喝茶，一个高个子、溜肩膀、大黄胡子很窄而头发很直的农民在大声读《圣经》，一个穿红色上衣、在黑色干头发上蒙一块绿色长纱巾、一脸无求于人的神情的女人独自待在厨房旁边，以一双尖利的眼睛紧紧盯着那个农民。

在特拉佩宗德港我们停泊了好长时间。我上岸了，回来就看见舷梯上有一大群衣衫褴褛、携带武器的库尔德人跟着走在前面的一个老头向上攀登，那老头骨骼粗大，戴一顶白色羊羔皮帽，穿一件灰色高加索山民装，细腰上紧紧系着有银饰物的皮带。与我们一起乘坐这条船、在甲板上躺在一处的库尔德人全都起来腾地方。跟随那老头的人就在腾出的地方铺上许多地毯，还摆了枕头。那老头威严地躺下。他的大胡子雪白，干瘦的脸晒成黑色，一双不大的褐色眼睛炯炯有神。

我走上前去，蹲下来，用俄语问他：

"从高加索来吗？"

他也用俄语客气地回答说：

"还要远，先生。我们是库尔德人。"

"上哪儿去?"

老头谦虚而又自豪地说:

"去伊斯坦布尔,先生。觐见钵谛沙赫,向钵谛沙赫谢恩,进贡七条马鞭。钵谛沙赫把我的七个儿子,我所有的儿子,都征去打仗。他们全都战死沙场。钵谛沙赫七次表彰了我。"

"啧,啧,啧!这么老了只剩下自己!"有个花花公子样的漂亮年轻人,胖胖的,手里夹着一支香烟,站在我们旁边摇着头不客气地表示了遗憾。他是个刻赤的希腊人,戴一顶樱桃色大马士革桶形帽,上身是一件白色西服背心外加灰色常礼服,下身是时髦的灰色长裤,脚上穿一双从旁边扣扣子的漆皮皮鞋。

老头看了看这个年轻人的桶形帽,简单地对他说:

"真蠢,你会老,而我不会,永远不会。知道猴子的事儿吗?"

"什么猴子?"

"那你听听!上帝创造了天地,知道吗?"

"这我知道。"

"然后上帝创造了人,并且对人说:你要在世上活三十年,你会活得好,活得快乐,以为世上的一切都是上帝为你一个人创造、为你一个人做的,你满意吗?人想:这么好,可是只活三十年!哟,太少!"接着老头讪笑地问那个漂亮的年轻人:"听见了吗?"

"听见了。"年轻人说。

"后来上帝又创造了驴子,并且对驴子说:你要驮运皮囊和大包的东西,你要让人骑,还要让人用棍子打头。三十年够不够?驴子大哭,一面哭一面对上帝说:我要这么多年干吗?上帝呀,就让我活十五年吧。人就对上帝说:请你给我加十五年,把驴子的十五年加给我!上帝就这么办了。结果人能活四十五年了。对人有利,是不是?"老头看了年轻人一眼,问他。

"不错。"年轻人犹犹豫豫地回答说,显然不明白老头的用意何在。老头接着说:

"后来上帝创造了狗,也让它活三十年。上帝对狗说:你总是很凶,你要看守主人的财物,不相信任何外人,看见有人走过就叫,因为不放心夜里不睡觉。狗听了这话竟然嗥叫起来:哟,这样的日子给我一半就够了!人又求上帝:把狗的那一半也给我!上帝又给人加了十五年。现在人可以活多少年了?"

"六十年。"年轻人比较开心地说。

"可是后来上帝创造了猴子,也让猴子活三十年,并且对它说,它可以不劳动、不操心地活着,不过相貌很难看——秃头,满脸皱纹,光溜溜的眉骨往脑门上长,还总想让人看它,可是谁都嘲笑它。"

于是年轻人问:

"这么说,猴子也不想活三十年,只要一半?"

"它也不想活三十年,"老头说着支起半个身子,从挨着他的一个库尔德人手中接过水烟袋的烟嘴,又重新躺下,吸着烟说,"人又求上帝把猴子这一半也给他。"

老头沉默地望着前方,似乎把我们都忘了。过了一会儿他才像自言自语似的说:

"人在他自己的三十年里活得还像个人——吃,喝,上战场打仗,在婚宴上跳舞,爱年轻的已婚妇女和姑娘。在驴子给的十五年里他干活,积累财富。在狗给的十五年里他守着自己的财产,见人就咬,就发威,夜里不睡觉。后来就变得像那个猴子一样丑一样老,人人看着他摇头,人人笑他老了。"接着老头咬着烟袋嘴嘲笑地对年轻人说,"你以后也会像这样。"

"你怎么没像这样?"年轻人问。

"我没像这样。"

"为什么呢?"

"像我这样的人少,"老头肯定地说,"我没像驴子那样活,也没像狗那样活,怎么会变成猴子呢?怎么会老呢?"

(1936年)

传 说

在管风琴伴奏下,大家都在唱歌,歌声柔和、哀伤、动人,述说着:"主啊,与你在一起真好!"听着琴声和歌声,我忽然活生生地看到了她,感觉到了她——这是我意料之外的,突然间不知从哪里来的臆想,像所有我的类似的臆想一样。今天我一整天都想着她,生活在她的生活和时间里。她生活在久远的过去,那是我们称之为古代的时日,但是看见的也是我现在看见的这个太阳,也是我如此热爱的这片土地,这座城市,这座大教堂——它的十字架像古时候一样插入云端,她听到的歌声也是我现在听到的。那时候她年轻,她吃,她喝,她笑,她和邻居闲聊,她一面干活一面唱歌,她做过姑娘,做过未婚妻,做过妻子,做过母亲……她死得早,可爱的、活泼的女人往往死得早,在这座大教堂里给她举行了葬仪,她离开人世已经好几百年,这期间世上发生过许多次新的战争,有过许多新的教皇、国王、士兵、商人、僧侣和骑士,而她的遗骨,她的又小又空的头盖骨却一直在地下躺着,躺着……地下有多少像这样的骨头和头盖骨啊！人类的整个过去，全部历史，是难以胜数的死者！总有一天我要加入他们的行列，像他们所有的人（到审判日会使整个大地沉没的数不清的人）一样，也以自己的骨头和棺木吓坏活人的想象，然而毕竟还会有新的活人梦系着我们这些死者，梦系着我们的早已成为过去的生活，早已成为过去的时代，觉得很美，很幸福，就因为是传说的。

（1949）